Os Doze Mandamentos

Obras do autor

As areias do tempo
Um capricho dos deuses
O céu está caindo
Conte-me seus sonhos
Corrida pela herança (infanto-juvenil)
O ditador (infanto-juvenil)
Os doze mandamentos (infanto-juvenil)
Escrito nas estrelas
O estrangulador (infanto-juvenil)
Um estranho no espelho
O fantasma da meia-noite (infanto-juvenil)
A herdeira
A ira dos anjos
Juízo final
Lembranças da meia-noite
Manhã, tarde & noite
Nada dura para sempre
A outra face
O outro lado da meia-noite
A perseguição
O plano perfeito
O reverso da medalha
Se houver amanhã

Sidney Sheldon

Os Doze Mandamentos

Tradução de
A. B. PINHEIRO DE LEMOS

7ª EDIÇÃO

EDITORA RECORD
RIO DE JANEIRO • SÃO PAULO

2001

CIP-Brasil. Catalogação-na-fonte
Sindicato Nacional dos Editores de Livros, RJ.

Sheldon, Sidney, 1917-
S548d Os doze mandamentos / Sidney Sheldon;
7ª ed. tradução de Pinheiro de Lemos. – 7ª ed. – Rio de Janeiro: Record, 2001.

Tradução de: The Twelve Commandments
ISBN 85-01-04133-5

1. Literatura juvenil. I. Lemos, A. B. Pinheiro de (Alfredo Barcelos Pinheiro de), 1938- . II. Título.

CDD – 028.5
95-1104 CDU – 82-93

Título original norte-americano
THE TWELVE COMMANDMENTS

Ilustração de capa: Marcello Gaú
Ilustrações de miolo: F. Miller
Capa: Glenda Rubinstein

Direitos exclusivos de publicação em língua portuguesa para o Brasil adquiridos pela
DISTRIBUIDORA RECORD DE SERVIÇOS DE IMPRENSA S.A.
Rua Argentina 171 – Rio de Janeiro, RJ – 20921-380 – Tel.: 585-2000
que se reserva a propriedade literária desta tradução

Impresso no Brasil

ISBN 85-01-04133-5

PEDIDOS PELO REEMBOLSO POSTAL
Caixa Postal 23.052
Rio de Janeiro, RJ – 20922-970

Capítulo 1

Vamos falar sobre milagres. A Bíblia está cheia de milagres, e alguns foram maravilhosos. As histórias passaram de geração em geração, por dois mil anos. Se são verdadeiras ou não, é uma coisa que você mesmo pode decidir. Mas não pode deixar de admitir que são emocionantes.

Já ouviu falar de Adão e Eva, é claro. Segundo a Bíblia, foi por aí que tudo começou. Deus criou o céu e a terra. Criou as montanhas, as árvores e os animais. Mas sentiu que faltava alguma coisa.

– Sei o que está faltando – disse Deus. – Vou fazer um homem.

Pegou um punhado de terra, moldou na forma de um homem e lhe deu o sopro da vida.

– Sou Deus – disse Ele. – E você é Adão.

Adão olhou ao redor, surpreso.

– Onde estou?

– No Jardim do Éden.

– É muito bonito – murmurou Adão.

– Divirta-se.

Deus criara um homem, mas ainda sentia que faltava alguma coisa.

Claro, pensou Ele. *Uma mulher*.

Enquanto Adão dormia, Deus tirou uma de suas costelas e moldou-a na forma de uma mulher. Chamou-a de Eva.

Adão ficou na maior satisfação ao ver Eva.

– Quero que os dois se divirtam – declarou Deus. – Mas há uma coisa que não devem fazer: comer qualquer uma dessas maçãs.

Ele apontou para algumas maçãs na árvore, de aparência apetitosa, e acrescentou:

– Esse é o fruto do conhecimento, e estão proibidos de saboreá-lo.

– Eu compreendo – disse Adão.

– Não vamos prová-lo – prometeu Eva.

Mas havia uma serpente no Jardim do Éden, uma serpente insidiosa, enviada pelo Diabo.

– Vocês não sabem o que estão perdendo – disse-lhes a serpente. – Essas maçãs são a coisa mais deliciosa do mundo.

– Mas prometemos que não as comeríamos – responderam Adão e Eva.

– Não precisam comer todas – insistiu a serpente. – Experimentem só uma.

– Acho que não faz mal – murmurou Eva.

E, assim, eles saborearam o fruto do conhecimento.

Deus ficou furioso.

– Vocês violaram a promessa que me fizeram! – bradou. – Cometeram um pecado!

E Deus expulsou-os do Jardim do Éden, para vaguearem pelo mundo.

Pelo menos é isso o que a Bíblia nos conta.

Vamos pegar a história de Noé e a Arca. Um dia Deus chegou à conclusão de que havia pecadores demais no mundo.

Cometi um erro ao criar o homem, pensou Deus. *Talvez devesse começar tudo de novo.*

O problema é que Deus não podia matar *todas* as pessoas no mundo, porque então de onde viriam as novas pessoas? Por isso, Ele resolveu procurar um homem honesto e sua família e deixá-los povoar a terra de novo.

Procurou com o maior cuidado. Encontrou mentirosos e ladrões, assassinos e patifes. Já começava a desanimar.

Até que um dia deparou com Noé. Era um homem simples, muito honesto, com esposa, filhos e noras.

Perfeito, concluiu Deus.

Ele falou com Noé.

– Noé, vou inundar a terra e acabar com todas as pessoas.

– Por que está me contando isso, Deus? – indagou Noé.

– Porque decidi salvar você e sua família.

Como não podia deixar de ser, Noé ficou muito satisfeito e perguntou:

– Mas como vou fazer para não morrer afogado?

Deus deu suas instruções.

– Aqui está o que quero que você faça: construa uma arca, um barco enorme, e quando falo enorme, Noé, é enorme mesmo. Quero que reúna todas as diferentes espécies de animais, dois de cada, um macho e uma fêmea, e ponha na arca, junto com sua família. Pode fazer isso?

– Tentarei – respondeu Noé.

Ele não apenas tentou, mas também conseguiu. Recolheu zebras e elefantes, tigres e leões, macacos e cavalos... era um verdadeiro zoológico.

Todos foram levados para a arca, e depois Noé reuniu a família e a fez embarcar também. E Noé ficou pronto para o que desse e viesse.

O que aconteceu foi que começou a chover. E quando a Bíblia diz "chuva", é chuva para valer.

Choveu por quarenta dias e quarenta noites, nunca parando por um instante sequer. Cidades foram destruídas, países desapareceram, até que nada restou sobre a terra, a não ser a arca de Noé, que flutuava sobre as águas, com sua família e todos os animais, sãos e salvos.

Ao final de quarenta dias, depois que Deus afogou todos os outros, Ele deixou a arca parar no pico do Monte Ararat. A água baixou, e Noé e sua família estavam livres para repovoar a terra.

Querem milagre maior?

Outro milagre na Bíblia é a abertura do Mar Vermelho. Os hebreus eram mantidos em escravidão no Egito, e é claro que detestavam. Não tinham liberdade para ir aonde quisessem. Não podiam votar. Não eram pagos por seu trabalho. Eram escravos.

Até que veio o dia em que um dos homens procurou Moisés, que era um grande líder, e disse:

– Você tem de nos ajudar a fazer alguma coisa. Estamos cansados de ser escravos.

Moisés não sabia o que fazer, porque o rei dispunha de um exército grande e bem armado, e qualquer um que tentasse combatê-lo seria derrotado.

– Deixe-me pensar a respeito – disse Moisés.

Ele decidiu conversar com Deus.

– Deus, nosso povo é muito infeliz. Não agüentamos mais ser tratados como animais. Queremos ser livres. Mas qualquer um que levante a voz contra o rei é morto no mesmo instante. Pode nos ajudar?

Deus ouviu o pedido de Moisés e disse:

– Você vai conduzir seu povo para fora do Egito, Moisés. Irão para uma terra em que serão livres.

Como não podia deixar de ser, Moisés ficou na maior alegria. Voltou para seu povo e anunciou:

– Tudo vai acabar bem. Falei com Deus. Vou tirar vocês deste lugar.

Na manhã seguinte, todos os hebreus se reuniram em segredo num lugar indicado por Moisés, que disse:

– Sigam-me todos, sem fazer barulho.

A longa marcha começou. Foram andando para a fronteira do Egito, esperando deixar o país sem que ninguém percebesse. Mas, infelizmente, quando se aproximavam do Mar Vermelho, um amigo do rei avistou-os e correu para contar a seu soberano.

– Os hebreus estão fugindo! – gritou ele. – Seguem para o Mar Vermelho, liderados por Moisés!

O rei ficou furioso. Convocou um dos seus generais.

– Acabo de receber a informação de que Moisés está levando os hebreus para fora do país. Quero que sejam detidos. – Ele pensou por um momento. – Não apenas quero que sejam detidos, mas também que sejam mortos. Está me entendendo?

– Claro, Majestade.

Uma hora depois, o exército do rei já se aprontara para marchar atrás dos hebreus. Os soldados estavam a cavalo e galoparam para o Mar Vermelho, em cujas proximidades os hebreus haviam sido vistos pela última vez.

A esta altura, os hebreus já haviam alcançado o Mar Vermelho. Esperavam efetuar a travessia em navios, mas descobriram, consternados, que não havia uma única embarcação à vista. Tudo que podiam ver era aquela vasta massa de água. Um dos homens virou-se para Moisés.

– Nunca conseguiremos atravessar – disse ele. – Todos nos afogaríamos na tentativa.

Moisés estava desolado, pois pensara que Deus providenciaria as embarcações.

– Talvez possamos construir barcos – sugeriu Moisés.

Foi nesse instante que um homem se aproximou, correndo.

– Moisés, os soldados do rei estão vindo para cá! Chegarão a qualquer momento!

E Moisés compreendeu que estavam perdidos. Deus o abandonara. Ele levantou os olhos para o céu e indagou:

– Como pôde fazer isso com seu povo, Deus? Prometeu que eu os tiraria do Egito sãos e salvos.

Subitamente, a voz de Deus trovejou:

– Tenha fé em mim. Diga a seu povo que comece a caminhar para o mar.

Moisés ficou espantado. *Como as pessoas poderiam andar pelo mar adentro sem se afogarem?* Mas sabia que tinha de obedecer a Deus. Virou-se para seu povo e declarou:

– Falei com Deus. Vamos caminhar pelo mar.

Todos se sentiram apavorados, mas já podiam ouvir o barulho dos soldados se aproximando e concluíram que era melhor morrerem afogados do que assassinados pelos egípcios.

– Sigam-me – disse Moisés.

Ele se encaminhou para o mar e, ao dar o primeiro passo para dentro da água, um milagre aconteceu.

Enquanto observavam atordoados, as águas do Mar Vermelho se abriram, deixando no meio uma faixa de terra seca. Todos aplaudiram e se puseram a caminhar pelo Mar Vermelho, apressados, para escapar aos soldados.

Ao chegarem ao outro lado, olharam para trás. Os soldados haviam acabado de alcançar o Mar Vermelho. Viram os hebreus escapando a distância.

– Atrás deles! – ordenou o general.

E Moisés viu os soldados do rei entrarem a cavalo no mar.

Quando estavam no meio da travessia, as águas tornaram a se fechar e todos se afogaram.

Deus cumprira sua promessa. Os hebreus estavam salvos.

Há um outro milagre que a Bíblia nos conta. Havia em Israel um homem chamado Sansão, tão forte que uma ocasião matou mil soldados usando como arma apenas uma queixada de burro.

Os tiranos que dominavam Israel queriam capturar Sansão, mas não conseguiam. Cada vez que mandavam soldados para prendê-lo, ele os matava.

Sansão tinha uma namorada chamada Dalila.

– Queremos capturar Sansão – disseram eles

a Dalila. – Pode nos ajudar? Descubra o segredo de sua força.

Na noite seguinte, Dalila perguntou a Sansão o que o tornava tão forte.

– São meus cabelos – respondeu ele. – Se alguém cortasse meus cabelos, eu ficaria tão fraco quanto qualquer outro homem.

Naquela mesma noite, enquanto Sansão dormia, Dalila cortou seus cabelos. Pela manhã, quando acordou, Sansão estava fraco e desamparado.

Os tiranos o acorrentaram, fizeram dele um escravo. Escarneciam de Sansão, porque agora ele não era mais forte do que os outros.

Para terem certeza de que ele não podia mais lhes fazer qualquer mal, furaram seus olhos e o prenderam com correntes às colunas de pedra do templo.

À medida que as semanas passaram, eles cometeram um erro, e não poderia ter sido pior. Não perceberam que os cabelos de Sansão estavam crescendo de novo.

Uma noite, quando havia uma grande festa no templo, Sansão, ainda acorrentado às colunas de pedra que sustentavam o telhado, puxou as correntes com toda força, até que caíram, e o prédio inteiro desmoronou. Todas as pessoas lá dentro morreram. Inclusive, infelizmente, Sansão.

Falando em milagres, o que acham de Jonas e a baleia?

Deus mandou Jonas a uma cidade chamada Nínive, mas Jonas resolveu que não queria ir. Disse a um amigo:

– Prefiro fazer outras coisas.

– Deus não vai se zangar? – perguntou o amigo.

– Não. Deus é tão ocupado que nem vai perceber que não fui.

– Está correndo um grande risco.

– Não diga bobagem – declarou Jonas.

Ele embarcou num navio e seguiu para uma cidade diferente.

Só que Jonas cometera um erro. Deus percebeu o que ele fazia e ficou muito zangado. Criou uma terrível tempestade, o navio era sacudido de um lado para outro, como uma rolha, no vasto oceano.

– Vamos afundar – disse o capitão. – E tudo por sua causa. Você não fez o que Deus mandou.

Jonas sabia que o capitão tinha razão. Todos os homens a bordo iam se afogar.

– Está bem – decidiu Jonas. – Saltarei no mar. Depois que eu deixar o navio, Deus vai parar a tempestade, e todos se salvarão.

Jonas sabia que morreria, mas também merecia, porque desobedecera a Deus.

O capitão e o marujo observaram Jonas pular para o mar agitado. Tinham certeza de que ele morreria afogado.

Mas Deus fez outro milagre. No momento em que Jonas caiu no mar, uma enorme baleia o engoliu. E dentro da barriga da baleia, Jonas rezou para que Deus o perdoasse. Rezou por três dias e três noites, e ao final desse tempo Deus decidiu salvá-lo.

A baleia abriu a boca e cuspiu Jonas para a praia.

Há dois mil anos, era costume jogar pessoas aos leões. Se um homem ou uma mulher cometia um crime, ou fazia alguma coisa que desagradasse ao rei, o soberano ordenava:

– Joguem aos leões!

Havia uma imensa arena, que era uma espécie de estádio, em que as pessoas podiam sentar nas arquibancadas e ver os leões atacarem os pobres coitados que seriam mortos.

Existiu nessa época um rapaz muito bom, chamado Daniel, de quem todos gostavam. Mas os homens do rei tinham inveja de Daniel, porque ele era um dos prediletos do rei. Por isso, mentiram ao rei, afirmando que Daniel dissera coisas horríveis a seu respeito.

O rei ficou furioso e gritou:

– Joguem-no aos leões!

Todos os invejosos sentiram a maior satisfação, porque finalmente conseguiriam se livrar de Daniel.

E foram jogá-lo numa cova cheia de leões famintos, e deixaram-no ali, para ser devorado vivo. Houve uma grande comemoração.

– Agora não temos mais que nos preocupar com Daniel.

– Seremos nós os prediletos do rei.

– Pela manhã, vamos ver o que restou de Daniel.

Na manhã seguinte, foram todos à cova dos leões e espiaram. Não puderam acreditar em seus olhos. Daniel estava sentado no meio dos leões, que lambiam seu rosto, como se fossem cachorrinhos. Deus domara as feras, salvando a vida de Daniel.

Os homens deixaram Daniel sair da cova dos leões e juraram que nunca mais tentariam lhe fazer qualquer mal.

Falando em milagres... Sabem por que todos nós falamos línguas diferentes? Pois houve uma ocasião neste mundo em que todas as pessoas falavam a mesma língua. Habitantes de diferentes países podiam se comunicar uns com os outros. E se orgulhavam de serem capazes de fazer isso.

Um dia, um morador da cidade de Babel teve uma idéia.

– Se todos trabalhássemos juntos, poderíamos construir uma torre tão alta que alcançaria o céu.

– É uma grande idéia! – exclamou outro homem. – Vamos fazer isso!

Reuniram tijolos, argamassa e todas as outras coisas de que precisavam, e começaram a construir a torre. Seria a maior obra do mundo, a mais maravilhosa. Levou anos em construção, e a cada ano se tornava mais e mais alta.

Alguns homens trabalhando na torre se tornaram velhos e morreram, os filhos tomaram seu lugar. Mas nada podia deter a construção da torre.

E continuou a subir. Muitos anos depois de iniciada, a torre finalmente alcançou o céu, como fora planejado.

Quando viu a torre se projetando no céu, Deus ficou furioso.

Eles só puderam fazer isso porque todos falavam a mesma língua, e assim foram capazes de trabalhar juntos, concluiu Deus. *Mas vou acabar com isso.*

Houve um raio, e de repente todas as pessoas falavam línguas diferentes. Algumas falavam japonês, outras inglês, e também espanhol, sueco e polonês. Não podiam mais se entender.

O homem no comando da construção da torre dava as instruções, mas ninguém compreendia. Todos se tornaram tão confusos que ao final tiveram de interromper a construção da torre. E era exatamente o que Deus queria. As pessoas abandonaram a torre e se mudaram para outras partes do mundo.

E foi assim que as línguas começaram.

Vocês já ouviram falar dos Dez Mandamentos? A história conta que Moisés desceu da montanha com duas tábuas de pedra dadas por Deus, e nelas estavam escritos os Dez Mandamentos. Um mandamento é uma regra que deve ser obedecida.

Vou lhes revelar um segredo. Essa história da Bíblia não é toda verdadeira. As pessoas em geral ignoram, mas o fato é que havia *doze* mandamentos. O que aconteceu foi que Moisés carregava três tábuas de pedra. Mas tropeçou e deixou cair uma, que se espatifou, por isso só restaram dez mandamentos. Ele se sentiu embaraçado demais para contar aos outros.

Aqui estão os Doze Mandamentos:

Um – Não terás outros deuses diante de mim.
Dois – Não farás imagens para cultuar.
Três – Não usarás o nome do Senhor teu Deus em vão.
Quatro – Respeitarás o dia sagrado.
Cinco – Honrarás pai e mãe.
Seis – Não matarás.
Sete – Não cometerás adultério.
Oito – Não roubarás.
Nove – Não darás falso testemunho contra o teu próximo.
Dez – Não cobiçarás a casa do próximo.
Onze – Nunca dirás uma inverdade.
Doze – Não farás mal a teu semelhante.

Moisés disse a seu povo que quem violasse aqueles mandamentos seria punido.

Esse é o lado de Moisés. Mas vou contar algumas histórias sobre pessoas que *violaram* os Mandamentos de Deus. E o que aconteceu com elas? Tornaram-se ricas, famosas e felizes.

Capítulo 2

A primeira história é sobre um homem que violou dois mandamentos ao mesmo tempo. Violou o primeiro: Não terás outros deuses diante de mim; e também o terceiro: não usarás o nome do Senhor teu Deus em vão.

E o que torna esta história ainda mais interessante é o fato de que esse homem era um padre.

Seu nome era George...

Desde menino, George queria ingressar na Igreja Católica. Era muito religioso. Jamais, em tempo algum, pensaria em violar qualquer dos Doze Mandamentos. Ia à igreja todos os domingos e rezava todos os dias.

Quando George cresceu um pouco, declarou ao pai:

– Gostaria de me tornar um padre.

Enquanto os outros meninos faziam todos os tipos de travessuras, quebravam janelas, mentiam, ignoravam os mandamentos, George tomava o maior cuidado para nunca fazer qualquer coisa errada. Nunca lhe ocorreria violar qualquer dos mandamentos.

Quando completou dezoito anos, em vez de ir para a universidade, como os amigos, foi para o seminário, onde estudou para se tornar padre.

Todos os rapazes estavam ali para se tornarem padres, e todos eram bons, gentis e nobres, porque é assim que os padres devem ser. Mas George era um chato. Nenhum dos outros seminaristas o suportava, e até os professores o detestavam. Por quê? Porque George era um exagerado.

Se os outros eram bondosos, George tinha de ser ainda mais bondoso.

Se os outros eram puros, George tinha de ser ainda mais puro.

Se os outros eram virtuosos, George tinha de ser ainda mais virtuoso.

Ninguém agüentava ficar perto dele. Se alguém cometia o menor deslize, George no mesmo instante se adiantava e dizia:

– Você não deveria ter feito isso. Deus não vai gostar.

Ninguém conseguia fazer nada certo.

Numa escola para padres, é de se esperar que todos sejam virtuosos, mas George era virtuoso *demais*. Sua simples presença deixava todo mundo nervoso. Tinham medo de cometer um erro na sua frente.

Ao concluir o seminário, George foi ordenado padre. Era o momento mais feliz de sua vida. Foi visitar o pai e a mãe. O pai fumava um charuto.

– Não deveria fumar – disse George. – Um charuto é a erva daninha do Diabo.

A mãe assistia à televisão.

– É domingo – disse George. – Em vez de assistir à televisão, deveria estar na igreja, rezando.

O irmão caçula comentou:

– Por Deus, como detesto ter de me arrumar todo aos domingos!

George ficou horrorizado.

– Você disse a palavra "Deus"! Nunca, mas nunca mesmo, deve usar o nome do Senhor em vão. Será punido no inferno por isso.

– Não acredito no inferno – respondeu o irmão.

– É um pecador. Rezarei por você.

George virou-se para o pai e a mãe.

– Todos são pecadores aqui. Rezarei por vocês.

A família ficou ansiosa para que George fosse logo embora.

A primeira paróquia de George foi em uma cidadezinha em Vermont. Havia apenas uma igreja ali. O padre fora embora, e todos aguardavam ansiosos por um novo padre. George foi o indicado.

Todos deram uma recepção calorosa a George, mas depois de uma semana queriam se livrar dele.

Parte do ritual da religião católica é a confissão. As pessoas entram no confessionário e falam com o padre, que se encontra oculto no outro lado da cabine. Confessam seus pecados.

O padre anterior era um homem de grande bondade. Quando um paroquiano confessava seus pecados, ele murmurava:

– Reze cinqüenta ave-marias e será perdoado, meu filho.

George? De jeito nenhum. Sua primeira confissão foi a de uma moça, que entrou no confessionário e disse.

– Padre, eu pequei.

– O que você fez? – perguntou George.

– Meu namorado me levou a uma festa, bebemos uísque e deixei que ele me tocasse.

Do seu lado do confessionário, George gritou:

– VOCÊ O QUÊ?

A moça ficou tão aturdida que não conseguiu dizer mais nada.

– Como pôde fazer isso? – bradou George. – Não sabe que uísque é a bebida do demônio? E deixou que um homem a tocasse? Um homem com quem não é casada? É uma pecadora! Saia do meu confessionário!

A pobre moça se retirou, atarantada, e correu para casa, chorando, ao encontro da mãe.

Em seguida, um homem idoso entrou no confessionário.

– Padre, eu pequei.

– Mas que vergonha! – exclamou George. – O que você fez?

O velho não estava acostumado a ouvir um padre falar assim. Afinal, todos os padres deveriam ser simpáticos e compreensivos.

– Estou desempregado – explicou o velho. – Não me resta qualquer dinheiro e tenho um neto para sustentar. Não havia comida em casa, outro dia fui ao mercado e roubei um pão, para dar de comer a meu neto.

– VOCÊ ROUBOU UM PÃO? LADRÃO!

– Mas meu neto...

– Não quero ouvir nenhuma desculpa. Violou o oitavo mandamento: Não roubarás. Deveria ir para a cadeia.

O velho não podia acreditar em seus ouvidos. Que espécie de padre era aquele?

Uma paroquiana entrou a seguir no confessionário.

– Padre, eu pequei.

George se mostrou furioso.

– Mas o que há com as pessoas aqui? Será que *todas* pecaram? Por que não podem ser como eu?

Ele forçou-se a recuperar a calma.

– Fale-me sobre seu pecado. Espero que não seja nada grave.

– Não, padre, não é grave. Eu disse uma pequena mentira. Sou casada, e outro dia um antigo namorado me telefonou. Não queria falar com ele, e desliguei. Quando meu marido perguntou quem era, respondi que fora engano. Como pode ver, foi um pecado bem pequeno, mas...

– Não há pecados pequenos! – protestou George. – É uma mentirosa, e Deus não perdoa quem mente!

A mulher ficou chocada.

– Só fiz isso para manter a paz na família, padre.

– Deus não quer saber por que fez isso, só sabe que você mentiu.

Agora que tinha sua própria igreja, George era pior que nos tempos do seminário. Era tão puro e virtuoso que ninguém podia suportá-lo.

No primeiro sermão que fez na igreja, correu os olhos pela congregação e disse:

– Sou seu novo padre. Meu nome é George. Sou puro e virtuoso. Olhando para vocês, vejo uma igreja repleta de pecadores. Mas mudarei isso. Farei com que todos sejam bons e puros, e vivam à luz do Senhor.

Ele passou os trinta minutos seguintes criticando a congregação.

Ao final da semana, a cidade queria se livrar de George de qualquer maneira. O prefeito telefonou para o bispo, que era o encarregado de indicar os padres para as diversas paróquias.

– Precisa tirar esse homem daqui. Ele é um maníaco.

– O que ele fez?

– Fez com que todos nos sentíssemos como criminosos. Não há quem não minta um pouco, trapaceie um pouco, flerte com outras mulheres, tome um trago de vez em quando. Mas quando entramos no confessionário e contamos essas coisas a George, ele faz com que a gente tenha vontade de cometer suicídio. Tem de tirá-lo daqui. Não tenho palavras para lhe descrever como estamos deprimidos.

O bispo pediu a George que fosse visitá-lo. George sentiu-se emocionado com a honra. O bispo disse:

– Sente-se, George. Como está indo nas suas novas funções de padre?

– Muito bem – respondeu George. – Não imaginava quantas almas havia para salvar, mas salvarei todas.

– Não acha que talvez esteja sendo um pouco exigente demais com os membros de sua congregação? – indagou o bispo.

– Exigente demais? Estou realizando a obra do Senhor. E me tornarei ainda mais rigoroso. Vou pressioná-los até que não reste mais nenhum pecado naquela cidade.

O bispo fitou George em silêncio e compreendeu por que todos o detestavam.

– Acho que talvez seja melhor eu designá-lo para uma igreja numa cidade menor.

George se mostrou surpreso.

– Por quê?

O bispo respondeu com extremo tato:

– Há mais pecado nas cidades menores e mais necessidade de ajuda.

O rosto de George se iluminou.

– Ah, ótimo! Quando começo?

– Imediatamente. – O bispo pensou por um momento. – Há uma pequena cidade no Maine.

A congregação só tem cem pessoas, mas precisa de um padre. Vou mandá-lo para lá.

– Obrigado. Farei tudo que puder para salvá-las.

Ao final de uma semana, o bispo recebeu um telefonema do prefeito da cidadezinha no Maine.

– O padre que nos mandou é um louco. Tem de tirá-lo daqui.

– O que ele fez agora? – perguntou o bispo.

– Nós nos confessamos durante a semana e no domingo ele conta a todo mundo na igreja o que falamos no confessionário. Tire-o daqui!

O bispo chamou George de novo.

– Você gosta de seu trabalho, George?

– Adoro. Não tinha idéia de que havia tantos pecadores no mundo, e não descansarei enquanto não salvar todos.

O bispo compreendeu que era um caso perdido.

– George, acho que tenho como aproveitá-lo melhor do que numa pequena cidade no Maine. Temos uma igreja numa aldeia na África.

George franziu o rosto.

– África?

– Há muitos pecadores lá – explicou o bispo.

A expressão de George se tornou radiante.

– Ah!

– Vou mandá-lo, junto com meia dúzia de outro padres, para ajudar os africanos. Cada um terá uma igreja numa aldeia diferente.

George levantou-se, orgulhoso.

– Estou pronto para partir.

– Ótimo. O avião vai decolar daqui a dois dias. Pode ir para casa durante esse prazo.

– Estou ansioso em ir para a África – declarou George. – Só há uma coisa que me entristece.

– E o que é?

– As pessoas na minha paróquia vão sentir muito a minha falta.

George foi para casa, a fim de se aprontar para a viagem. O pai assistia a um filme pornográfico na televisão.

George parou por um instante, incrédulo, depois pegou um martelo e quebrou o aparelho.

– Mas o que pensa que está fazendo? – berrou o pai.

– Salvando sua alma do demônio – respondeu George. – Viu o que aquele homem fazia com a mulher?

– Claro que vi. Por que acha que estava assistindo? Afinal, que tipo de homem você é?

– Sou mais que um homem – respondeu George. – Sou um padre.

– Pois terá de pagar pelo conserto da televisão, padre. Quando partirá para a África?

– Amanhã – informou George, na maior felicidade.

O pai parecia ainda mais feliz.

– Ainda bem.

George se encontrou com os outros seis padres no aeroporto. Todos se sentiam animados com seus novos postos.

– Muitos daqueles pobres coitados não têm o suficiente para comer.

– Alguns estão doentes e não há médicos para atendê-los.

– Alguns vivem sob ditaduras e não são livres.

George declarou:

– Se eles não violassem os Doze Mandamentos, nada disso aconteceria. São todos pecadores.

Os outros padres o fitaram, espantados.

Quando embarcaram no avião, George descobriu-se sentado sozinho.

Sobrevoavam as montanhas de Kilimandjaro sob uma intensa tempestade. Faltavam duas horas para alcançarem seu destino. Houve um súbito clarão; o avião foi atingido por um raio e começou a girar pelo céu, descontrolado.

– O que está acontecendo? – perguntou um dos padres.

O avião começou a mergulhar para o solo.

– Vamos cair! – exclamou outro padre.

George interveio:

– Será possível que vocês, todos padres, não tenham fé? Claro que Deus não deixará o avião cair.

Dois minutos depois, o avião caiu no solo.

Por sorte, bateu em algumas árvores antes de parar por completo. Os passageiros ficaram bastante abalados, mas ninguém morreu. Haviam caído numa área remota da selva africana, povoada por canibais.

Os canibais nunca tinham visto um avião. Observaram intimidados a gigantesca ave descer do céu.

Seu único contato com um homem branco fora através de um explorador, que haviam devorado, muitos anos antes. Ele lhes ensinara umas poucas palavras de inglês antes de servir como refeição.

– Deus chegou – disse o chefe dos canibais.

Observaram os sete homens saírem do avião.

Sabiam que só um deles podia ser Deus. Os outros eram seus servos.

Quando avistaram os nativos, os padres sentiram a maior alegria. George disse:

– Caímos aqui para salvar suas almas. Foi por isso que Deus nos poupou. Se pudessem nos dar uma cama para dormir esta noite, e pela manhã nos levassem para fora daqui, ficaríamos muito agradecidos.

Os nativos o fitaram aturdidos. O chefe fez um sinal.

– Venham.

Os padres seguiram os nativos para uma pequena aldeia, com cabanas de junco.

– Estamos com fome – disse George.

– Nós também – anunciou o chefe.

Ele virou-se para seus homens e ordenou:

– Amarrem-nos.

Espantados, os padres se descobriram com as mãos e os pés atados. Havia um enorme caldeirão preto montado num tripé por cima de uma fogueira, com água fervendo.

O chefe apalpou os braços e pernas dos brancos.

– Ah, um bom jantar! – exclamou ele.

– Mas do que está falando? – indagou George. – Exijo que nos soltem imediatamente!

O chefe cuspiu na cara de George.

– Cale a boca. – Ele correu os olhos pelos padres. – Um de vocês é Deus, que desceu do céu e vai nos liderar e proteger. Os outros serão o nosso jantar.

– Protesto! – gritou George. – Somos cidadãos americanos e...

– Cale-se!

O chefe tornou a cuspir no rosto de George e depois virou-se para o primeiro padre.

– Você é o Deus que veio nos salvar?

– Claro que não – respondeu o padre. – Sou apenas um ser humano que...

– Podem cozinhá-lo.

Os outros observaram, horrorizados, o primeiro padre ser jogado no enorme caldeirão com água fervendo. Seus gritos eram horríveis.

– Vocês não podem escapar impunes a isso! – berrou George. – Nós...

– Cale-se.

O chefe cuspiu mais uma vez no rosto de George. Virou-se para o padre seguinte.

– Você é Deus?

– Não.

– Cozinhem-no.

E o chefe continuou pela fila, perguntando a cada padre, e cada um relutava em violar o primeiro e o terceiro mandamentos: Não terás outros deuses diante de mim; e Não usarás o nome do Senhor teu Deus em vão.

À medida que cada padre admitia que não era Deus, os canibais o jogavam no caldeirão com água fervendo.

O último homem a quem o chefe se dirigiu foi George.

– Você é Deus?

George estivera escutando os gritos agonizantes dos outros padres. Não queria violar o primeiro e o terceiro mandamentos, mas também não queria ser o jantar daqueles selvagens.

– Sou, sim – respondeu George. – Sou Deus.

E todos os nativos se prostraram diante dele. Cortaram as cordas que o prendiam e vestiram-no com um lindo traje tribal. O chefe disse:

– Viverá aqui conosco para sempre e nos protegerá.

George ganhou três belas mulheres para dormirem com ele, que traziam-lhe caça da selva e frutos das árvores. E pelo resto de sua vida ele viveu feliz, tratado como um rei.

E essa é a história do homem que violou não apenas um, mas dois mandamentos.

Capítulo 3

O segundo mandamento: não farás imagem para cultuar

Esse mandamento significa que não se deve esculpir uma estátua que venha a ser considerada como Deus. Muito simples, não é? Sabemos que deve ser um mandamento muito importante, porque Deus, segundo Moisés, determinou que era o segundo.

Mas vou contar a história de um homem que violou esse mandamento. Ele foi punido? Sofreu? Foi para o inferno? Nada disso. Por ter violado o mandamento, ele se tornou rico.

Eis o que aconteceu...

Esta é a história de um pobre entalhador italiano. Seu nome era Tony e ele vivia numa pequena aldeia da Itália. Era um rapaz bonito, e todas as moças queriam se casar com ele, mas Tony era apaixonado pela filha do prefeito.

Havia um problema. O prefeito era rico e Tony era pobre. E o prefeito não tinha a menor intenção de deixar a filha se casar com um pobre entalhador, que não tinha o menor futuro.

Tony era muito bom no seu trabalho. Pegava blocos de madeira e esculpia animais, crianças, uma porção de coisas. Só que era tão generoso que dava tudo que fazia, e era por isso que não tinha dinheiro.

Anna, a filha do prefeito, era loucamente apaixonada por Tony.

– Quero casar com você – disse-lhe Tony.

– Também quero casar com você, querido, mas papai diz que devo casar com um homem rico.

– Nunca serei rico. Não me importo com dinheiro.

– Papai só se importa com pessoas que se importam com dinheiro.

– Talvez pudéssemos fugir e nos casar longe daqui – sugeriu Tony.

– Não é possível, pois isso deixaria papai muito magoado. Além do mais, ele quer que eu case com o banqueiro, que é muito rico.

– Você o ama?

– Claro que não. Sabe que só amo você.

– E eu amo você. O que vamos fazer?

– Não pode pensar em alguma maneira de enriquecer?

– Não quero ser rico, Anna.

Ela ficou furiosa.

– Se é assim, então casarei com o banqueiro!

Anna percebeu a mágoa no rosto de Tony e tratou de abraçá-lo.

– Não falei sério, querido. Se não puder ter você, jamais casarei com outro, não importa o que papai diga.

Essa conversa não ocorreu uma vez apenas. Acontecia quase todos os dias. Os dois apaixonados estavam desesperados para se casar, mas era impossível sem a aprovação do pai de Anna. E a menos que Tony tivesse uma grande fortuna, ele não daria seu consentimento.

Uma manhã, o banqueiro da cidade foi procurar o pai de Anna. Era gordo, velho e feio, mas era rico.

O pai de Anna recebeu-o com a maior satisfação. Gostava de gente rica.

– Como tem passado? – perguntou o pai de Anna.

– Muito bem, obrigado. E você?

– Sou um homem feliz. Tenho a prosperidade que desejo, uma boa mulher e uma linda filha.

– Era sobre isso que eu queria lhe falar – disse o banqueiro. – Sobre sua linda filha. Eu a tenho observado desde que era menina. Transformou-se numa bela mulher.

O pai de Anna balançou a cabeça.

– É verdade. Eu me orgulho de minha filha.

– Vim até aqui para pedi-la em casamento.

O pai de Anna ficou surpreso. Sabia que a filha

não gostava do banqueiro. O homem era velho, gordo e mesquinho, mas o que importava era o fato de ser rico. O pai de Anna sabia que ela pensava estar apaixonada pelo jovem entalhador, mas ele era pobre demais para casar com sua filha.

– Eu me sinto lisonjeado, e tenho certeza de que Anna vai ficar muito feliz por casar com você – declarou ele.

O banqueiro sorriu.

– É uma boa notícia.

– Anna espera que seja generoso com ela.

– Claro que serei. Ela terá uma casa enorme, um automóvel e criadas para atendê-la.

Foi a vez do pai de Anna sorrir.

– Parece ótimo. Falarei com Anna e acertarei tudo.

Os dois homens trocaram um aperto de mão.

Naquela tarde, quando Anna chegou em casa, o pai lhe disse:

– Sente-se, criança. Tenho boas notícias para você.

Anna franziu o rosto. O que era uma boa notícia para o pai era sempre uma má notícia para ela.

– O que é, pai?

– Conversei com o banqueiro da cidade, e ele quer casar com você.

Anna levantou-se de um pulo.

– Prefiro morrer! Jamais casarei com ele! Só casarei com Tony!

O pai declarou:

– Fará o que eu mandar, e vai casar com o banqueiro.

Anna foi procurar Tony, em lágrimas.

– Qual é o problema? – perguntou Tony.

– Papai acaba de me dizer que tenho de casar com o banqueiro. Ficamos noivos hoje.

Tony sentiu-se desolado. Sabia que Anna não podia desobedecer ao pai, porque naquele tempo, naquela pequena aldeia da Itália, os casamentos eram acertados pelos pais. As moças não podiam se manifestar sobre os rapazes com quem prefeririam casar.

Tony compreendeu que estava prestes a perder a única mulher a quem poderia amar algum dia.

– Quando o casamento deve ocorrer? – indagou ele.

– Daqui a três meses. Papai queria que fosse mais cedo, mas insisti em três meses, na esperança de que até lá você pudesse fazer alguma coisa que o levasse a mudar de idéia.

– O que eu poderia fazer? – indagou Tony. – Sou apenas um pobre entalhador.

Ele abraçou Anna e acrescentou:

– Vou deixar a aldeia.

– Por quê?

– Não suportaria continuar vivendo aqui e vê-la casada com outro homem. Irei para algum lugar distante e tentarei esquecê-la.

Mas, no fundo de seu coração, Tony sabia que nunca conseguiria esquecê-la.

Na manhã seguinte, Tony fez as malas e partiu para Nova York. Como tinha bem pouco dinheiro, viajou num cargueiro, um navio velho e sujo, que levou três semanas para chegar a Nova York.

Enfrentaram uma tempestade, com o mar encapelado, e todos os outros a bordo enjoaram, mas Tony só podia pensar em Anna. Não conseguia tirá-la dos pensamentos. E sentia-se muito triste só de pensar que ela casaria com o banqueiro velho e gordo.

E, no entanto, pensou Tony, *o que eu poderia dar a ela? Anna está acostumada a boas coisas. Não tenho dinheiro para lhe comprar nada. Não posso lhe dar uma casa. Ela tem direito a casar com o banqueiro.*

Ao desembarcar em Nova York, Tony se surpreendeu por descobrir como a cidade era grande. Nunca estivera antes numa cidade assim. Havia incontáveis carros e ônibus nas ruas, milhões de pessoas passando apressadas, e pela primeira vez ele percebeu que tinha um problema.

Não falava uma só palavra de inglês. Saiu andando pelas ruas, não tinha para onde ir, ninguém com quem pudesse falar.

Tinha um pouco de dinheiro no bolso e sentia fome. Avistou um restaurante e entrou. Sentou a uma mesa. Uma garçonete se aproximou e perguntou:

– O que vai querer?

Tony fitou-a, aturdido. Não tinha a menor idéia do que a moça dizia. Ela perguntou de novo:

– O que deseja comer?

Tony ficou embaraçado. Levantou-se e saiu do restaurante quase correndo.

Andou por mais algumas ruas. Encontrou outro restaurante e entrou. O garçom aproximou-se.

– Boa tarde. Temos ótimos pratos especiais hoje. Fígado acebolado, carne assada e o picadinho do dia. O picadinho é nossa especialidade. Posso recomendá-lo.

Tony não entendeu uma só palavra. Levantou-se e saiu apressado do restaurante.

A fome era ainda maior agora. *O que vou fazer?*, perguntou-se Tony. *Ainda me resta algum dinheiro, mas acabarei morrendo de fome*.

E de repente Tony foi salvo. Passou por uma lanchonete, um lugar em que o pedido é feito no balcão.

Tony teve uma idéia. Entrou atrás de um homem e o acompanhou até o balcão, onde ele pediu:

– Torta de maçã e café.

Tony escutou com toda a atenção e observou a garçonete pôr uma fatia de torta de maçã, de aparência apetitosa, e uma xícara de café quente na bandeja do homem, que se afastou em seguida.

A garçonete virou-se para Tony, que sorriu e disse:

– Tor-ta de ma-çã e ca-fé.

A garçonete serviu para Tony uma fatia de torta de maçã e um café.

Tony foi sentar a uma mesa, comeu a torta, tomou o café. Que delícia! Ele tornou a procurar a garçonete.

– Tor-ta de ma-çã e ca-fé.

A garçonete serviu outra fatia e mais café.

Ele comeu tudo e sentiu-se muito bem.

Naquela noite, Tony encontrou um lugar para dormir. Ficava num bairro pobre da cidade, mas ele queria economizar seu dinheiro até arrumar um emprego.

Despertou faminto na manhã seguinte. Lembrou o que fizera no dia anterior e voltou apressado à mesma lanchonete. Foi até o balcão.

– Tor-ta de ma-çã e ca-fé.

A mulher por trás do balcão providenciou o pedido.

Tony comeu tudo.

Enquanto circulava por Nova York, à procura de um emprego, Tony ia à mesma lanchonete todos os dias. Mas acabou se cansando de comer sempre a mesma coisa e teve outra idéia.

Na próxima vez em que entrou na lanchonete, seguiu uma mulher e parou atrás. Ela pediu à garçonete:

– Um sanduíche de presunto.

Tony observou a mulher receber um sanduíche que parecia saboroso. Quando chegou a sua vez, ele disse, em seu sotaque carregado:

– San-duíche de pre-sun-to.

A garçonete acenou com a cabeça.

– Pão francês ou de fôrma?

Tony não tinha a menor idéia do que ela dissera e repetiu:

– San-duíche de pre-sun-to.

– Pão francês ou de fôrma?

Tony engoliu em seco.

– San-duíche de pre-sun-to.

A garçonete se irritou.

– PÃO FRANCÊS OU DE FÔRMA?

Tony deu de ombros e balbuciou, desolado:

– Tor-ta de ma-çã e ca-fé.

No dia seguinte, Tony arrumou um emprego com um fabricante de brinquedos italiano. Pelo menos encontrara alguém que falava sua língua. O salário era pequeno, mas Tony não se importava. Só queria ser capaz de se sustentar e guardar dinheiro suficiente para mandar um presente de casamento para Anna.

Esculpia brinquedos de madeira durante o dia inteiro e as crianças os adoravam. Iam à loja para vê-lo trabalhar. Como era muito generoso, tentava dar os brinquedos às crianças, mas o patrão não deixava e dizia:

– Não seja tolo. Podemos ganhar muito dinheiro com esses brinquedos. Não se interessa por dinheiro?

Tony teve de contar a verdade.

– Não. E, porque não me importo com dinheiro, perdi a única mulher que jamais amarei.

Ele podia imaginá-la casada com o banqueiro feio e gordo. Teriam uma porção de filhos gordos e Anna se tornaria velha antes do tempo.

Anna precisa de amor, pensou Tony. *E eu sou o único que pode lhe dar.*

Mas ele sabia, é claro, que se tratava de um caso perdido. O pai de Anna insistia em seu casamento com um homem rico.

Durante os dois meses seguintes, a notícia sobre Tony espalhou-se por Nova York. Seu trabalho era tão bom que ele começou a se tornar famoso.

– Vou promovê-lo a sócio – disse o fabricante de brinquedos.

Tony sacudiu a cabeça.

– Não quero ser sócio. Só quero continuar a fazer brinquedos.

Ele fazia macacos, cavalos, elefantes, zebras e girafas de madeira tão parecidos com a vida real que os fregueses quase que podiam ouvi-los andar e emitir sons. As crianças adoravam.

Todas as manhãs, Tony riscava mais um dia no calendário. Era um dia mais próximo do casamento de Anna com o banqueiro. Até que, finalmente, só restavam três semanas. Ele passou a sonhar com Anna, e uma coisa muito estranha aconteceu. Pareciam se encontrar nos sonhos.

– Tony, querido – dizia Anna –, não quero casar com o banqueiro. Você tem de fazer alguma coisa antes que seja tarde demais.

– Mas o que eu posso fazer?

– Não sei. Ganhe muito dinheiro, para que papai me deixe casar com você.

E, nos sonhos de Tony, eles saíam andando pela beira do rio, de mãos dadas, e faziam um piquenique. Era maravilhoso estar com Anna de novo. Mas Tony sabia que os sonhos acabariam em três semanas. Ela casaria com outro homem.

E foi então que ocorreu uma espécie de milagre. Duas semanas antes do casamento de Anna, Tony teve outro sonho. Sonhou que se encontrava diante de Deus. Foi tão nítido que depois ele pôde se lembrar de todos os detalhes. Estivera pensando no que mandaria para Anna como presente de casamento. Sabia agora.

– É isso mesmo! – exclamou Tony. – Farei uma estátua de Deus e mandarei para ela!

Tony nem imaginava que estava violando o segundo mandamento. Mas, mesmo que soubesse, é bem provável que levasse o plano adiante, pois seu amor por Anna era grande demais.

Começou a trabalhar na estátua, num ritmo febril, dia e noite, a fim de que ficasse pronta a tempo para o casamento.

Dia a dia, a estátua foi se definindo, e se tornava mais e mais bonita. Era uma das mais lindas estátuas que já se fizera no mundo, porque Tony a esculpia com seu amor por Anna. Assim, a estátua era impregnada de amor.

Quando ficou pronta, Tony contemplou-a e compreendeu que era uma obra-prima.

– Vou mandá-la de navio para Anna esta tarde – disse a si mesmo.

Sentia-se exausto, porque trabalhara com o maior afinco na estátua, e avisou ao patrão:

– Vou para casa dormir um pouco.

Cinco minutos depois que Tony saiu, um homem que ouvira falar de sua obra entrou na loja.

– Tem um homem chamado Tony trabalhando aqui? – perguntou ele.

– Tem, sim.

– Posso falar com ele?

– Ele saiu.

– Voltarei mais tarde e...

O homem por acaso olhou para a oficina e parou de falar aturdido. Contemplava a estátua de Deus. Foi até lá, examinou-a com a maior atenção.

– É incrível! – exclamou o homem. – Esta é a estátua mais linda que já vi!

Ele virou-se para o fabricante de brinquedos.

– Sou diretor do Museu Metropolitano. Gostaria de comprar aquela estátua.

O italiano sacudiu a cabeça.

– Acho que não está à venda. É um presente para alguém.

– Tenho de comprá-la de qualquer maneira. Seria uma aquisição perfeita para o museu. Estou disposto a pagar um milhão de dólares.

O fabricante de brinquedos ficou atônito.

– Um milhão de dólares?

– Isso mesmo.

Ele pensou a respeito. Não tinha o direito de vender a estátua de Tony, mas sabia da história de Anna. Se Tony tivesse um milhão de dólares, poderia casar com a mulher que amava.

– Negócio fechado – decidiu ele.

– Sensacional!

Os dois selaram o acordo com um aperto de mão.

– Mandarei um cheque para cá esta tarde e virei buscar a estátua.

O fabricante de brinquedos pensou no que

acabara de fazer. Era um grande risco, mas sabia que fizera a coisa certa. Cuidaria para que Tony casasse com a mulher que amava.

Naquela tarde, quando o diretor do museu voltou, trazia um cheque de um milhão de dólares. Vinha acompanhado por dois homens, para ajudá-lo a pôr a estátua num caminhão.

– Tony deve estar muito orgulhoso desta obra – comentou o diretor do museu. – Vai torná-lo famoso.

Ao final da tarde, quando Tony voltou à loja, a primeira coisa que notou foi o desaparecimento da estátua. Entrou em pânico.

– O que aconteceu com a estátua? – indagou ele. – Onde está?

– Eu a vendi – respondeu seu patrão.

– Você o quê? Não pode fazer isso! É um presente de casamento para Anna!

O fabricante de brinquedos sacudiu a cabeça.

– Você tem um presente de casamento melhor para Anna.

– Tenho? E o quc poderia ser?

– *Você!* – Ele entregou a Tony uma passagem de avião para a Itália. – Este é o meu presente para você. Voará para casa esta noite e casará com Anna.

– Está louco – protestou Tony. – Não sou um homem rico, como o pai dela exige.

– Agora é.

Ele entregou a Tony o cheque de um milhão de dólares, acrescentando:

– Virou um milionário.

Tony olhou para o cheque, incrédulo.

– Mas isto é maravilhoso! – Ele abraçou o patrão. – Obrigado. Nunca esquecerei o que fez por mim.

Ele e Anna se casariam, teriam muitos filhos e todos seriam lindos.

Naquela noite, Tony embarcou num avião para Roma, onde chegou na manhã seguinte; de lá, pegou um trem para a pequena aldeia em que nascera. Foi direto para a casa de Anna.

– O que está fazendo aqui? – perguntou o pai de Anna. – Pensei que tinha ido embora.

– Mas voltei.

– E voltou numa péssima ocasião, Tony. Este é o dia do casamento de minha filha.

– Sei disso – respondeu Tony. – E ela vai casar comigo.

O pai de Anna riu.

– Você enlouqueceu. Sabe que eu nunca a deixaria casar com um pobre.

– Não sou mais pobre – anunciou Tony. – Tornei-me rico... mais rico do que o banqueiro.

Ele mostrou o cheque ao pai de Anna, cujos olhos se esbugalharam em espanto.

– Você é agora um milionário. É verdade o que dizem sobre a América. Todos que vão para lá viram milionários.

– Nem todos – disse Tony. – Quero ver sua filha.

– Claro. – O pai se mostrava de repente muito atencioso. – Vou pedir que ela desça imediatamente.

Ao deparar com Tony, Anna correu para seus braços. Usava um lindo vestido de noiva branco.

– Querido! Papai me contou o que aconteceu. Estou muito orgulhosa de você.

– Vamos nos casar – declarou Tony. – E será hoje.

Os dois foram para a igreja e o padre local os casou, dizendo:

– Deus os abençoou, e terão uma união feliz.

E o padre não podia imaginar que a união só ocorria porque o noivo violara o segundo mandamento.

Tony e Anna viveram felizes para sempre.

Capítulo 4

O quarto mandamento:
Respeitarás o dia sagrado

O que isso significa? Significa que no domingo você deve descansar, pensar em Deus e não fazer nenhum negócio.

Esta é a história de Ralph, um homem que violou o quarto mandamento e se tornou muito rico.

Ralph era o homem mais azarado do mundo. Tudo sempre dava errado para ele. Era um homem de bem, trabalhador, honesto e leal. Fora perdidamente apaixonado por uma mulher, que fugira para casar com seu melhor amigo. O que significava que perdera a amada e o melhor amigo no mesmo dia. Uma semana depois, um carro atropelara seu cachorro. Poucos dias mais tarde, seu gato também morria.

Ele arrumou emprego numa fábrica, e a fábrica faliu.

Foi trabalhar numa loja de roupas, e a loja foi destruída por um incêndio.

Entendem agora o que eu quis dizer ao falar que ele era azarado? Nada parecia dar certo para Ralph.

Era como se Deus estivesse empenhado em punir Ralph.

Como não tinha dinheiro, Ralph vivia com a mãe e o pai, que eram muito religiosos. Acreditavam em Deus, e também que qualquer pessoa seria punida se violasse um dos Doze Mandamentos. Como o filho era tão azarado, concluíram que ele devia estar violando um dos mandamentos de Deus.

Um dia, o pai chamou Ralph para uma conversa em sua biblioteca.

– Ralph, você deve estar fazendo alguma coisa errada. Em toda a minha vida, jamais conheci alguém tão desafortunado. Está violando algum dos mandamentos?

– Não, senhor.

– Tem certeza? Vamos pegar o primeiro mandamento: Não terás outros deuses diante de mim. Está violando esse mandamento?

– Não, senhor.

– E o que me diz do segundo mandamento: Não farás imagens para cultuar?

– Não sei esculpir – respondeu Ralph.

– Muito bem, vamos falar sobre o terceiro mandamento: Não usarás o nome do Senhor teu Deus em vão. Nunca usa o nome do Senhor em vão?

– Não, senhor.

– E o quarto mandamento? Respeita o dia sagrado?

– Claro que sim. Todos os domingos eu vou à igreja, nunca jogo, não assisto a nenhum filme, não faço outra coisa que não pensar em Deus.

O pai balançou a cabeça.

– E o quinto mandamento? Honra seu pai e sua mãe?

– Com toda certeza – garantiu Ralph. – Honro vocês dois, e muito.

– Passemos ao sexto mandamento: Não matarás... Você não matou ninguém, não é mesmo?

Ralph ficou indignado.

– Nunca sequer sonharia em matar alguém, papai.

– Sei que diz a verdade, mas deve estar fazendo *alguma coisa* errada, ou não seria tão desafortunado. O que me diz do sétimo mandamento: Não cometerás adultério? Sei que não violou este mandamento, porque não é casado.

Ralph pensou em sua namorada e como a perdera.

– Não, não fiz isso – murmurou ele, desolado.

– E o oitavo? – insistiu o pai. – Não roubarás.

– Sou muito honesto – respondeu Ralph. – Nunca roubei coisa alguma em toda a minha vida

– Acredito em você. Então por que é tão desafortunado?

– Não sei explicar.

– Há o nono mandamento: Não darás falso testemunho contra o teu próximo. Alguma vez mentiu sobre alguém?

– Nunca – jurou Ralph. – Só digo a verdade.

O pai sentia-se cada vez mais perplexo.

– E o que me diz do décimo mandamento: Não cobiçarás a casa do próximo?

Ralph mostrou-se surpreso.

– Papai, a casa do nosso vizinho está em ruínas. Eu não viveria ali de jeito algum.

– Acredito em você. E o que me diz do décimo primeiro mandamento: Nunca dirás uma inverdade?

– Já disse que não minto, papai.

– Muito bem, filho, vamos ao décimo segundo mandamento: Não farás mal a teu semelhante. Nunca teve uma briga com alguém?

– Ora, papai, eu não faria mal a uma mosca. Nem sei como brigar.

O pai de Ralph ficou ainda mais desconcertado ao finalizar a conversa do que ao iniciá-la. Estava convencido de que o filho não violara nenhum dos mandamentos de Deus.

E pensou: *Talvez Ralph tenha sido desafortu-*

nado no passado, mas daqui por diante, porque obedece a todos os mandamentos, ele passará a ter sorte.

O pai estava enganado.

No dia seguinte, quando Ralph almoçava num restaurante, a garçonete derramou café quente em sua mão, que ficou queimada. Ralph foi levado ao pronto-socorro.

No hospital, Ralph seguiu por um corredor que acabara de ser encerado, escorregou, levou um tombo e quebrou a perna.

Puseram-no numa maca e levaram-no para a sala de radiografia. Ali, o interno esbarrou na maca, Ralph caiu e quebrou o braço.

Passou duas semanas no hospital; ao voltar para casa tinha um braço e uma perna engessados, e a mão enfaixada.

O pai de Ralph ficou desesperado. Foi procurar um padre.

– Por que meu filho é tão azarado? – perguntou ele ao padre.

Relatou todos os infortúnios por que Ralph passara e o padre sacudiu a cabeça.

– Só posso pensar que ele está violando um dos mandamentos de Deus.

– Não, isso não é verdade – assegurou o pai. – Ele obedece a todos.

– Então não sei qual é a resposta.

O problema era que ninguém sabia a resposta. Estava escrito na Bíblia que se você obedecesse aos Doze Mandamentos teria uma vida feliz e tranqüila. Mas aqui estava um homem que obedecia aos Doze Mandamentos e levava uma vida infeliz.

No domingo, embora ele estivesse engessado e de muleta, a mãe e o pai de Ralph insistiram para que se levantasse e os acompanhasse à igreja.

– Não queremos que Deus fique zangado com você – disse a mãe.

– Zangado comigo? – gritou Ralph. – Eu sou o seu saco de pancadas!

– Calma, calma. Não fale assim, filho. Levante-se, e vamos à igreja.

Ralph sentia-se muito mal, com uma dor intensa, mas lembrou-se do mandamento que o exortava a honrar pai e mãe; por isso, vestiu-se e foi para a igreja. Ao sentar-se, a dor foi tanta que ele mal podia ouvir o que o padre falava.

Vou continuar a obedecer a todos os mandamentos até que passe essa maré de azar, pensou Ralph.

Dois meses depois, a perna e o braço de Ralph estavam curados, a atadura foi removida da mão queimada, e ele podia voltar a seu emprego numa loja de vídeo. Anunciou ao entrar:

– Estou de volta.

O dono da loja disse:

– Passou tempo demais ausente e contratei outro para seu lugar. Está despedido.

Mas o dia de Ralph ainda não terminara. Ao chegar em casa, descobriu que o pequeno jardim que plantara com as próprias mãos, e que tanto amava, fora destruído por algum animal.

Naquela noite, enquanto Ralph jantava num restaurante, alguém roubou seu carro. Ele só descobriu três dias depois, porque o peixe que comera ali o intoxicara, fazendo com que fosse conduzido de ambulância para o mesmo hospital, a fim de se submeter a uma lavagem estomacal.

A mãe e o pai foram visitá-lo.

– O que vai acontecer com você em seguida? – indagou a mãe, chorosa.

– Nada mais pode me acontecer – garantiu Ralph. – Daqui por diante, tudo vai melhorar.

Ele deixou o hospital dois dias depois e foi atropelado por um ônibus ao atravessar a rua.

– Tem de ser isso! – exclamou o pai. – Você está fazendo alguma coisa que desagrada a Deus.

Repassaram os Doze Mandamentos e não descobriram nada de errado no comportamento de Ralph.

– Você deve redobrar seus esforços – disse o pai.

Mas Ralph já não agüentava mais.

– Não. Já me esforcei o suficiente. Daqui por diante, não me importo com o que Deus faça comigo.

O pai ficou chocado.

– Não diga isso! – Ele olhou para o céu. – Um raio vai atingi-lo!

– É praticamente a única coisa que Deus ainda não fez comigo.

Ralph passou a semana inteira em casa, recusando-se a sair para procurar emprego.

– De que adianta? – disse ele. – Sabem como sou azarado. Não encontrarei um emprego, e é bem provável que ainda acabe atropelado por um caminhão.

O pai não sabia o que dizer. No fundo, sabia que o filho tinha razão.

Na manhã de domingo, a mãe de Ralph foi chamá-lo.

– Levante-se, querido. Está na hora de ir à igreja.

– Não quero ir à igreja.

– Como assim, não quer ir à igreja? Sempre vamos à igreja no domingo.

– E de que isso me adiantou? – indagou Ralph. – Ficarei em casa.

– Não pode ficar em casa – insistiu o pai. – O quarto mandamento diz...

– Sei o que diz o quarto mandamento. Respeitarás o dia sagrado. Pois não me importo. Passarei o dia inteiro na cama.

Não houve o que eles dissessem que pudesse demovê-lo dessa intenção. Eles partiram para a igreja, desolados.

– Vai se arrepender por isso – advertiu o pai. – Coisas terríveis podem acontecer quando alguém viola um dos mandamentos.

– Pois que aconteça – respondeu Ralph. – Não tenho medo.

Ele observou a mãe e o pai saírem. *Deveria ter ido com eles*, pensou, com uma pontada de culpa. A verdade é que se sentia nervoso por violar o quarto mandamento. Sempre fora à igreja aos domingos até então.

Finalmente, chegou à conclusão de que estava irrequieto demais para permanecer na cama. *Talvez seja melhor sair para dar uma volta*, pensou. *Vamos ver que ossos vou quebrar hoje.*

Vestiu-se e saiu. Era uma linda manhã de primavera, o ar fresco e agradável. Ele começou a descer pela rua, olhando ao redor, apreensivo, esperando para ver que punição sofreria, agora que estava violando o quarto mandamento.

Tropeçou em alguma coisa e pensou: *É agora que vai começar a acontecer*. Mas quando olhou para a calçada, verificou que tropeçara numa carteira que alguém deixara cair. Curioso, pegou-a e descobriu que continha muitas notas de cem dólares. Não havia qualquer documento na carteira, nenhuma indicação do dono. Ralph era honesto, e a teria devolvido ao dono se soubesse quem era.

Contou o dinheiro. Havia cinco mil dólares. Mal podia acreditar em sua sorte. Era a primeira coisa boa que lhe acontecera desde que podia se lembrar.

Guardou a carteira no bolso e continuou a descer pela rua.

Havia na esquina uma banca de jornais que vendia bilhetes de loteria instantânea: comprava-se um bilhete, raspava-se um pedaço e descobria-se na hora se estava premiado. O jornaleiro olhou para Ralph e disse:

– Recebi bilhetes novos hoje. Não quer comprar um?

Ralph hesitou. Jamais apostara, porque sempre perdia. Agora, no entanto, com a carteira cheia de dinheiro no bolso, resolveu arriscar.

– Ficarei com dez.

Ele pagou os dez bilhetes e o jornaleiro observou-o raspar o primeiro.

– Tem um bilhete premiado – disse o homem. – Cem dólares.

Ralph raspou o seguinte.

– Outro premiado. Duzentos dólares.

Todos os bilhetes eram premiados. Nenhum dos dois podia acreditar em tanta sorte.

– É o homem mais sortudo que já conheci – declarou o jornaleiro.

Os bolsos de Ralph se encontravam agora estufados de dinheiro.

Este é o dia mais afortunado de minha vida, pensou ele. *Se eu estivesse na igreja, nada disso teria me acontecido.*

Passou pelo escritório de uma empresa aérea. Num súbito impulso, decidiu entrar.

– Eu gostaria de comprar uma passagem de ida e volta para Las Vegas, por favor.

Pagou a passagem de volta adiantado; se perdesse todo o dinheiro em Las Vegas, sua volta estaria garantida.

O vôo levou duas horas.

Ralph nunca estivera antes em Las Vegas. Ao entrar no terminal do aeroporto, ficou surpreso ao deparar com centenas de máquinas caça-níqueis. Trocou uma nota por moedas, enfiou-as numa máquina e o dinheiro começou a jorrar.

Pegou um táxi para um hotel. O cassino se achava repleto de pessoas apostando em jogos de cartas, dados e caça-níqueis.

Ralph foi ocupar um lugar vago numa mesa de dados.

– Com licença – disse ele ao responsável pela mesa. – Posso jogar?

– Claro. Tem dinheiro?

Ralph tirou o dinheiro do bolso. O rosto do homem se iluminou.

– Venha para cá, senhor. Um novo lançador está prestes a jogar. Quanto quer apostar?

Ralph nunca jogara dados em toda a sua vida. Não tinha a menor idéia do que significava um "novo lançador".

– Aposto mil dólares – disse ele.

O homem lhe deu as fichas e ele pôs mil dólares na mesa.

O lançador fez sete pontos. Na frente de Ralph havia agora uma pilha de fichas no valor de dois mil dólares.

– Quer dizer que ganhei mil dólares? – perguntou Ralph.

– Isso mesmo. Vai manter a parada?

Ralph nem imaginava o que era "manter a parada", mas disse:

– Claro.

Os dados foram arremessados outra vez, e o resultado foi onze.

Havia agora quatro mil dólares na frente de Ralph.

– Vai continuar?

– Gostei desse jogo de dados – comentou Ralph. – Vou, sim.

Na meia hora seguinte, Ralph ganhou mais de cem mil dólares. Nada podia fazer de errado. Fazia as apostas mais estapafúrdias e sempre dava certo. Um dos gerentes do cassino se aproximou e sugeriu:

– Há uma sala particular lá nos fundos em que as apostas são mais altas. Talvez possa gostar.

O gerente não se importava se Ralph ia gostar

ou não; o que ele queria mesmo era levá-lo para um jogo de apostas mais altas, a fim de que o cassino pudesse recuperar seu dinheiro.

– Parece uma boa idéia – disse Ralph.

Ele seguiu o gerente para uma sala nos fundos, onde uma dúzia de homens de aparência próspera jogavam pôquer.

Ralph, que não era um jogador, nunca jogara pôquer. Sentou à mesa.

– A parada no escuro é de cinco mil dólares – informou o carteador.

– O que é uma parada no escuro?

Os outros jogadores riram. Pensavam que Ralph estava brincando.

– É o dinheiro que você tem de apostar antes de cada mão.

– Ah, entendi.

Ralph pôs cinco mil dólares na mesa.

O jogo começou. Ralph teve ainda mais sucesso do que na mesa de dados. Não importava o que fizesse, não podia perder. Um dos jogadores baixou suas cartas.

– Tenho um par de ases.

Ele estendeu as mãos para o bolo.

– Espere um instante – disse Ralph. – Tenho uma trinca de damas.

Na mão seguinte, um dos jogadores anunciou:

– Tenho um *full hand*.

Ralph se apressou em dizer:

– E eu tenho um *royal flush*.

Ele foi ganhando todas as mãos, e nada podia fazer de errado. Se outro jogador tinha a mão fraca, Ralph tinha a mão forte. Se outro tinha a mão forte, Ralph tinha ainda mais forte.

Quando deixou a mesa, duas horas mais tarde, Ralph tinha duzentos mil dólares em dinheiro. Circulou pelo cassino, perguntando-se o que lhe aconteceria em seguida.

Foi para o restaurante do hotel e uma garçonete aproximou-se de sua mesa.

– O que deseja?

Ralph levantou os olhos e deparou com a mulher mais linda que já vira em toda a sua vida. Era jovem e loura, tão deslumbrante que o seu coração quase parou. Usava um uniforme justo, que revelava um corpo sensacional.

– Eu... ahn... – balbuciou ele. Deu uma olhada no cardápio. – Acho que vou querer o picadinho.

A garçonete olhou ao redor, para se certificar de que ninguém podia ouvir, e sussurrou:

– Não peça o picadinho, que é de ontem. O talharim é que está fresco.

– Obrigado – murmurou Ralph. – Pode me trazer o talharim.

Ele ficou observando a moça se afastar, não conseguiu desviar os olhos. Ela tinha razão. O talharim estava delicioso.

Quando Ralph tirou o dinheiro do bolso para pagar a conta, a garçonete viu que era muito e disse:

– Não deve andar com tanto dinheiro no bolso, pois alguém pode roubá-lo. Peça ao caixa para lhe dar um cheque nesse valor, e assim seu dinheiro ficará seguro.

– É muita gentileza sua, senhora...

– Senhorita. Meu nome é Sally Morgan.

– Também não sou casado.

Ela sorriu.

– Então alguma moça está perdendo uma oportunidade maravilhosa. Aposto que você seria um excelente marido.

– E eu aposto que você seria uma mulher excelente. A que horas sai do trabalho?

– Às seis.

– Posso esperá-la?

Ela tornou a sorrir.

– Eu gostaria muito.

Ralph esperou que a moça saísse do trabalho. Levou-a para jantar, conversaram e conversaram, e era como se sempre tivessem se conhecido. Foi amor à primeira vista. Sally era a moça mais meiga e espetacular que Ralph já encontrara.

– Só nos conhecemos há poucas horas – disse Ralph – e isso pode parecer uma loucura, mas quero casar com você.

Sally balançou a cabeça.

– Isso parece uma loucura ainda maior, mas a resposta é sim. Compreendi que o amava desde o instante em que o vi.

Ralph abraçou-a e murmurou:

– Vamos procurar um padre.

Em Las Vegas, há capelas que celebram casamentos vinte e quatro horas por dia. Ralph e Sally se casaram.

– Vamos para casa – disse Ralph. – Quero que conheça meus pais.

A mãe e o pai de Ralph estavam frenéticos. Ao voltarem da igreja, descobriram que o filho havia desaparecido. Já era quase meia-noite quando ele voltou, acompanhado por uma linda jovem.

– Quero apresentá-los à minha mulher – disse Ralph.

Os pais não podiam acreditar.

– Sua esposa? Como pode ter casado? Não tem um centavo, e nós não vamos sustentá-los.

– Nem precisam – garantiu Ralph.

Ele mostrou o cheque de duzentos mil dólares e acrescentou:

– Estão vendo isto? Vou abrir meu próprio negócio e tenho certeza que será bem-sucedido.

E Ralph abriu seu negócio e foi bem-sucedido.

Sally provou ser uma companheira maravilhosa. Daquele momento em diante, a vida de Ralph foi perfeita. Absolutamente perfeita.

E tudo aconteceu porque ele violou o quarto mandamento.

Capítulo 5

O quinto mandamento

Honrarás pai e mãe

Edward era órfão. Em Filadélfia, ainda um bebê recém-nascido, a mãe o largara numa lata de lixo e o deixara ali para morrer. Por sorte, um guarda ouvira o bebê chorando e o levara para um hospital, onde conseguiram salvar sua vida.

Ninguém sabia quem era a mãe ou o pai. A única pista era o nome numa fita adesiva na manta que ele usava: "Edward Bixby". A polícia bem que tentou localizar os pais, para prendê-los por tentativa de homicídio, mas não teve sorte.

Edward foi mandado para um orfanato, onde cresceu. Era uma vida difícil. Nunca havia comida suficiente e as outras crianças o maltratavam.

Um padre visitava o orfanato de vez em quando, conversava com os meninos. Ensinou-lhes os Doze Mandamentos. Quando chegou ao quinto mandamento, Edward ficou confuso. Como podia honrar pai e mãe se não tinha a menor idéia de quem eram?

Às vésperas de completar dezessete anos, a diretora do orfanato chamou-o a seu gabinete.

– Edward, amanhã você faz dezessete anos.

– Eu sei, senhora.

– O orfanato tem um regulamento: jovens com mais de dezessete anos não podem continuar aqui. Teremos de mandá-lo sair para o mundo.

A maioria das crianças ficaria apavorada com a perspectiva de ser lançada num mundo sobre o qual nada sabia. Mas não Edward. Ao contrário, Edward sentiu-se bastante animado. E o motivo para seu excitamento era a possibilidade de realizar o sonho de toda a sua vida: descobrir sua mãe e seu pai.

– Tem sido um bom menino, Edward. Nós nos orgulhamos de você, e sentiremos saudade.

– Também sentirei – mentiu Edward.

Ele estava ansioso por sair do orfanato.

No dia seguinte, Edward despediu-se dos outros meninos e partiu à procura dos pais. Sabia que não seria fácil encontrá-los.

Foi visitar o padre.

– Quero honrar pai e mãe – disse ele –, mas não posso fazê-lo se não souber quem são e onde estão. Pode me ajudar?

O padre pensou por um momento, depois sacudiu a cabeça.

– Vai ser muito difícil, Edward. Ninguém jamais os viu.

– Mas alguém deve tê-los visto quando me levaram para o orfanato, não é mesmo? – insistiu Edward.

O padre decidiu que Edward tinha idade suficiente para conhecer a verdade.

– Eles não o levaram para o orfanato. Deixaram-no numa lata de lixo. Foi um guarda que o encontrou e o trouxe para cá.

Edward estava aturdido.

– Uma lata de lixo? Jogaram-me numa lata de lixo e me deixaram ali para morrer?

– Isso mesmo.

Edward ficou chocado.

– Tenho certeza de que assim fizeram porque não tinham condições de sustentá-lo. Provavelmente eram muito pobres.

Seus pais eram pobres. Pelo menos isso. Edward sabia agora.

– Fui informado de que meu nome estava escrito numa fita adesiva presa na manta: Edward Bixby.

– É verdade. A polícia tentou encontrar seus pais, mas não conseguiu.

– Eu os descobrirei – declarou Edward. – Nem que seja a última coisa que faça, haverei de encontrá-los.

A busca de Edward começou. Sua primeira providência foi procurar na lista telefônica, para saber se havia ali algum Bixby. Encontrou meia dúzia. O primeiro era um médico.

Aposto que é meu pai, pensou Edward. *Devia ser muito pobre naquele tempo e não tinha condições de me sustentar. Mas agora ficará contente em me ver.*

Edward foi ao consultório do médico.

– Eu gostaria de falar com o Dr. Bixby.

– Tem hora marcada?

– Não, mas ele vai querer me ver. Diga que seu filho está aqui.

A enfermeira se mostrou surpresa.

– Seu filho?

– Isso mesmo.

– Um momento, por favor.

A enfermeira entrou na sala do médico.

Um instante depois, ele apareceu. Era muito alto, bonito... e negro.

– Queria falar comigo?

Edward engoliu em seco.

– Ahh... não, senhor... eu... acho que não. Adeus.

E Edward saiu apressado do consultório.

O Bixby seguinte na lista telefônica morava nos arredores da cidade. Era uma linda casa, e Edward descobriu que seu coração batia mais depressa. Os donos de uma casa assim tinham de ser ricos com toda certeza.

Devem ser meus pais, pensou ele. *Eram pobres quando nasci, mas agora têm dinheiro, e é bem provável que estejam à minha procura.*

Edward tocou a campainha. Uma criada uniformizada abriu a porta.

– O que deseja?

– Vim ver minha mãe.

A criada ficou aturdida.

– Sua mãe?

– Isso mesmo. Sra. Bixby. Sou Edward Bixby.

– Tem certeza que veio ao endereço certo?

– Absoluta.

Edward sabia, no fundo de seu coração, que aquele era o lugar certo.

– Espere um pouco, por favor. Vou chamar a Sra. Bixby.

Ele ficou parado na porta, no maior excitamento. Finalmente ia se encontrar cara a cara com a mãe.

Um momento depois, uma moça apareceu. Devia ter vinte e cinco anos de idade.

– Queria falar comigo? – indagou ela.

– Não, senhora. Vim falar com a Sra. Bixby.

– Sou a Sra. Bixby.

Foi a vez de Edward se espantar.

– Não pode ser. Afinal... é muito jovem para ser minha mãe.

– Espero que sim. Quer dizer que não sabe quem é sua mãe?

– Não, não sei, mas vou descobrir.

Ele visitou os outros Bixbys da lista telefônica, mas não teve sorte. Eram muitos jovens ou muito velhos ou da cor errada.

Edward pensou em desistir? Absolutamente, não. Sentia-se mais determinado do que nunca a encontrar a mãe e o pai, a fim de poder honrá-los.

Começou a viajar pelo país, parando em diversas cidades. Em cada uma, procurava pelos Bixbys na lista telefônica.

Havia Bixbys em Chicago, Detroit, Filadélfia e Nova York, mas era sempre a mesma história – todos eram os Bixbys errados.

Foi na Flórida que Edward sentiu que teria sorte. Havia um Edward Bixby na lista telefônica. Seu coração bateu forte. Era bem provável que tivesse recebido o mesmo nome do pai.

Foi ao endereço indicado. Era uma casa enorme, no meio de um vasto jardim. Edward tocou a campainha. A porta foi aberta por um mordomo.

– O que deseja?

– Eu gostaria de falar com o Sr Bixby.

– Entre, por favor.

Edward entrou no imenso vestíbulo.

Um momento depois, apareceu um homem de cabelos grisalhos, aparência distinta.

– Em que posso ajudá-lo?

– Estou procurando por minha mãe e pai – explicou Edward.

O homem estudou-o por algum tempo.

– Vamos para a biblioteca.

Sentaram-se e Edward contou sua história ao Sr. Bixby. Quando terminou, o homem disse:

– Tive um filho chamado Edward, mas ele morreu num desastre de avião. Tenho vivido sozinho desde então. – Ele inclinou-se para a frente. – Gostei de você, e não me resta mais ninguém da família. Gostaria de tomar o lugar do meu filho?

Edward pensou a respeito. Significava que viveria naquela linda casa e teria muito dinheiro. Mas não era isso que ele queria. Seu desejo era encontrar a mãe e o pai.

– Obrigado, é muito bondoso, mas tenho de continuar em minha busca.

O Sr. Bixby balançou a cabeça.

– Eu compreendo. Boa sorte.

Em Washington, D.C., Edward encontrou um General Bixby na lista telefônica. Foi procurá-lo em seu escritório. Uma secretária indagou:

– O que deseja?

– Quero falar com meu pai.

A secretária não se surpreendeu.

– Um momento, por favor.

Ela falou pelo interfone:

– Seu filho está aqui, general.

A voz do general trovejou em resposta:

– Mande-o entrar.

Edward entrou na outra sala. Um homem de bigode, com cabelos grisalhos, estava sentado atrás da mesa.

– Qual é seu nome? – perguntou o general.

– Edward Bixby.

– Seja bem-vindo, filho.

Finalmente encontrei meu pai, pensou Edward. Seu coração disparou.

– Obrigado, pai.

– Sente-se.

Edward sentou na cadeira diante da mesa.

– Bom, finalmente nos conhecemos.

– É verdade, senhor.

– Fale-me sobre sua mãe.

– Minha mãe? Eu... ahn... não sei coisa alguma sobre ela.

– Era a francesa? Ou a italiana?

– Não estou entendendo.

– Quando estive no exterior, durante a guerra, passei por vários países e fiz amor com muitas mulheres. Devo ter filhos na França, Alemanha, Itália, Bélgica, Romênia e Hungria. É muito fácil descobrir quem foi sua mãe. Qual dessas línguas você fala?

Edward fitava-o com perplexidade.

– Nenhuma delas.

– Como? Não foi criado em nenhum desses países?

– Não.

– Então você não é meu filho, mas apenas um impostor – declarou o general. – Saia daqui!

Edward estava desconsolado, mas continuou determinado a encontrar sua mãe e pai, a fim de poder honrá-los.

Uma noite, para esquecer como se sentia deprimido, Edward foi ao cinema. O nome de um ator apareceu na tela: "Alan Bixby." Edward experimentou uma intensa animação. O ator era quase exatamente igual a ele. Tinha o mesmo queixo, o mesmo nariz, a mesma boca.

É meu pai, pensou Edward, excitado. *Depois de tanto tempo, descobri meu pai.*

Na manhã seguinte, Edward partiu para Hollywood. Descobriu para que estúdio Alan Bixby trabalhava e foi procurá-lo.

O guarda no portão não queria deixá-lo entrar.

– O Sr. Bixby não recebe ninguém.

– A mim ele vai receber – garantiu Edward. – É meu pai.

O guarda mudou de atitude no mesmo instante.

– Isso é diferente. Vou avisá-lo que você está aqui.

Poucos momentos depois, Edward foi conduzido ao camarim de Alan Bixby. O ator estava se maquiando, vestido com um chambre púrpura de cetim.

– Meu caro rapaz, em que posso ajudá-lo?

Fora da tela, sua voz era um tanto alta e estridente.

– Acho que sou seu filho.

Alan Bixby estudou-o por um instante e disse:

– Isso é maravilhoso. Também tenho certeza de que é mesmo.

Edward ficou emocionado.

– Procurei-o por toda parte, papai.

– Foi muita gentileza sua. E agora me descobriu.

– Sim, senhor.

Alan Bixby olhou para seu relógio.

– Tenho de voltar para o estúdio em poucos minutos, mas quero que fique à vontade aqui. Assim que eu terminar as filmagens desta tarde, vai para casa comigo. Isso lhe agrada?

– Sim, claro – respondeu Edward.

– Vamos nos divertir muito juntos – prometeu Alan Bixby.

A porta foi aberta, e um rapaz entrou. Usava sombra nos olhos. Beijou Alan Bixby nos lábios.

– Olá, querido.

– Está atrasado – repreendeu-o Alan Bixby. – É um garoto muito levado.

Edward olhava espantado para os dois. Subitamente, tornara-se óbvio que Alan Bixby nunca gerara um filho. O ator virou-se para Edward.

– Tenho de sair agora, mas fique me esperando aqui. Voltarei assim que puder.

Quando Alan Bixby retornou ao camarim, Edward já tinha ido embora há muito tempo.

Pela primeira vez, Edward Bixby começou a pensar que sua missão estava fadada ao fracasso. Viajara por todo o país e não conseguira encontrar o pai e a mãe. Até que, de repente, o destino interveio para ajudá-lo.

Estava num restaurante, jantando, quando prestou atenção no que as pessoas diziam na mesa ao lado. Virou-se para olhar. Havia meia dúzia de homens sentados ali. Tinham uma aparência belicosa e falavam em voz alta. Um deles disse:

– Os tiras me prenderam, mas não foram capazes de provar coisa alguma contra mim. Bixby tinha razão, foi um trabalho perfeito.

No momento em que ouviu o nome Bixby, Edward inclinou-se para a frente, a fim de poder ouvir melhor.

– Devemos ter conseguido meio milhão de dólares com o trabalho. Aquele banco nunca soube o que o atingiu.

Edward continuou a prestar atenção, mas não ouviu mais qualquer referência a Bixby.

Quando os homens acabaram de jantar, e se preparavam para sair, Edward aproximou-se da mesa.

– Com licença – disse ele ao homem que mais falara. – Pode me dar um minuto?

O homem era grandalhão e parecia perigoso.

– Não.

Ele começou a se afastar.

– Espere um pouco! – suplicou Edward, desesperado. – Mencionou o nome Bixby.

O homem parou e fitou-o.

– E daí?

– Meu nome é Bixby.

– E daí?

– Estou procurando por meu pai. Pensei que o homem que mencionou poderia ser meu pai.

– Bixby Dois-Canos, seu pai? Você deve estar louco.

– Sei que é improvável, mas acontece que meu pai e minha mãe me deixaram num orfanato há dezoito anos.

Edward não queria admitir de jeito nenhum que fora abandonado numa lata de lixo. O grandalhão estudou-o mais atentamente.

– Há dezoito anos?

Ele virou-se para os outros.

– Não foi há dezoito anos que Bixby Dois-Canos e Molly tiveram um garoto?

– É isso mesmo – confirmou um dos homens. – E o largaram em algum lugar.

O grandalhão tornou a fitar Edward, com uma expressão diferente.

– Como sabe que seu nome é Bixby? – perguntou ele.

– Porque me encontraram com uma manta em que havia esse nome escrito numa fita adesiva.

– Santo Deus! – exclamou o grandalhão. – Acho que temos aqui o garoto Dois-Canos!

– Minha mãe e meu pai ainda estão vivos? – indagou Edward, na maior ansiedade.

– Estão sim. Pensando bem, você tem o nariz de seu pai e os olhos de sua mãe.

Edward mal podia acreditar em sua sorte. Finalmente encontrara os pais, e agora queria honrá-los.

– Pode me levar até eles?

O homem hesitou.

– Não sei... Talvez seja melhor eu lhe mostrar primeiro o retrato deles.

Edward acenou com a cabeça.

– Seria ótimo.

O grandalhão virou-se para os companheiros.

– Vou me encontrar com vocês mais tarde. Não se esqueçam de apagar o guarda antes de entrarem.

Edward não fazia a menor idéia do que isso significava. O grandalhão tornou a se virar para ele.

– Venha comigo.

Para surpresa de Edward, o homem levou-o a uma agência do correio.

– Meu pai trabalha no correio?

O grandalhão soltou uma risada.

– Não.

Foram até uma parede em que havia retratos de criminosos procurados. O homem apontou para um cartaz de um homem e uma mulher. A legenda dizia:

Edward Dois-Canos Bixby e Molly Bixby, procurados por homicídio, em sete estados; e assaltos a agências do correio, em dez estados. Recompensa de 250 mil dólares.

Edward ficou olhando aturdido para o cartaz, enquanto o homem dizia:

– Esses são seu pai e sua mãe. Ainda quer encontrá-los?

Edward engoliu em seco, muito nervoso.

– Claro que quero.

– Pois então vamos. Eu o levarei ao esconderijo deles.

O esconderijo era uma cabana nas montanhas.

Quando o grandalhão e Edward chegaram, a porta foi aberta pelo homem cujo retrato o rapaz vira na agência do correio. Ele tinha um revólver na mão.

– Quem é esse garoto? – perguntou ele ao grandalhão.

– Acho que é seu filho.

Dois-Canos olhou para Edward.

– Qual é o seu nome?

– Edward.

– Quantos anos você tem?

– Dezoito, senhor.

– Há muito tempo, li que a polícia o encontrou e o levou para um orfanato. Isso é verdade?

– É, sim, senhor. Saí do orfanato no início do ano passado.

– Não dá para acreditar.

Dois-Canos deu um tapa nas costas de Edward.

– Seja bem-vindo, filho. Vamos entrar.

Molly veio da outra sala. Era gorda e feia, tinha os cabelos sujos e desgrenhados. E estava embriagada.

– Quem é esse aí? – indagou ela.

– É nosso filho – respondeu o pai de Edward.

O reencontro não foi exatamente o que Edward sempre previra, mas pelo menos ele encontrara os pais, e sabia que não importava como eles eram; só o haviam abandonado porque não tinham outro jeito. Deviam estar fugindo da polícia, corriam perigo e não queriam que nada de mal acontecesse com o filho. Ao renunciar a ele, haviam feito um grande sacrifício. Portanto, Edward sentia-se disposto a amá-los e honrá-los, como determinava a Bíblia.

– Sei como deve ter sido difícil para vocês me abandonarem – disse ele. – Imagino que foi um grande sacrifício terem de me deixar e...

– Sacrifício? – A mãe soltou uma risada. – Está

brincando? Você não passou de um acidente. Nunca o desejei, antes de mais nada. Depois que nasceu, larguei-o na primeira lata de lixo que encontrei. Por que está voltando para nos incomodar agora?

– Provavelmente ele quer dinheiro – sugeriu Dois-Canos.

– Não quero, não – declarou Edward. – Venho procurando-os porque queria conhecer minha mãe e meu pai.

– Pois agora já os conheceu – disse a mãe. – Pode ir embora e não nos chatear mais.

Dois-Canos virou-se para o grandalhão.

– Leve-o daqui.

Todo o mundo de Edward desmoronou. Finalmente encontrara os pais e tentara seguir o quinto mandamento, e o que ganhara com isso? Nada.

Isto é, não exatamente nada, pois depois que deixou a cabana, foi até a agência do correio e informou onde Dois-Canos e Molly podiam ser encontrados. Recebeu a recompensa de 250 mil dólares e foi morar na França, onde levou uma vida maravilhosa.

Capítulo 6

O sexto mandamento:

Não matarás

Roger Jones era um homem religioso. Mais do que isso, era *muito* religioso. Ia à igreja todos os domingos e obedecia aos Doze Mandamentos. Nunca sequer sonharia em violar qualquer um deles – muito menos o sexto: Não matarás.

Isto é, Roger nunca teria sonhado em matar alguém... até que casou. A esposa, Louise, era uma ótima pessoa. Amava Roger, e ele a ela. O problema no casamento não era com Louise, mas sim com sua mãe.

A mãe se chamava Sarah e era o ser humano mais insuportável que Roger já conhecera. Sarah não quisera que a filha casasse com Roger. Preferia que Louise casasse com alguém importante, e Roger não era importante. No dia do casamento, ela disse à filha:

– Decidi morar com você e Roger. Quero ter certeza de que ele vai tratá-la direito.

Roger não ficou nada feliz ao saber da notícia.

– Nossa casa é bem pequena. Onde vamos alojá-la?

– Ela ficará no quarto de hóspedes – propôs Louise.

Sarah mudou-se naquela tarde. Deu uma olhada no quarto de hóspede e declarou:

– É muito pequeno para mim. Ficarei no quarto principal.

– Mas onde nós vamos dormir? – perguntou Roger.

– No quarto de hóspedes – respondeu Sarah.

Isso foi apenas o começo.

A sogra criticava tudo que Roger fazia. Ao desjejum, ela comentou:

– Não deve comer ovos com *bacon*. Faz mal à saúde.

– Mas gosto de ovos com *bacon*.

– Daqui por diante – declarou Sarah –, você comerá apenas alimentos saudáveis.

Roger nunca mais teve permissão para comer ovos com *bacon*.

Sarah não gostava da maneira como o genro se vestia.

– Parece um palerma – disse ela. – Daqui por diante, irá ao escritório de terno escuro, camisa de colarinho e gravata.

– É um escritório bastante informal – protestou Roger. – Ninguém usa gravata.

– Mas você vai usar.

E Roger passou a ir trabalhar de terno e gravata.

Uma noite, quando Roger tomava um *scotch* com soda, Sarah anunciou:

– Não haverá mais bebidas alcoólicas nesta casa.

Ela removeu todas as garrafas de bebida. Mas não era o pior. Sarah não perdia a oportunidade de dizer à filha que sua escolha fora a pior possível.

– Poderia ter casado com alguém mais bonito, mais rico e mais importante.

– Acontece que eu amo Roger.

– Não sabe o que é o amor, menina. Preciso encontrar alguém melhor para você.

– Mas do que está falando, mamãe? Sou casada com Roger.

– Sempre pode obter o divórcio.

– Não quero um divórcio.

– Vai querer. Espere só para ver.

No instante mesmo em que Roger chegava em casa, de volta do trabalho, a sogra começava a importuná-lo.

– Por que não está ganhando mais dinheiro?

– Tenho um bom salário. Louise e eu levamos uma vida confortável.

– Mas *eu* não. Gostaria de morar numa casa maior. Talvez você devesse mudar de emprego.

– Não quero mudar de emprego. Gosto do lugar em que trabalho.

– Só porque não conhece nada melhor.

Sarah nunca deixava que os dois ficassem a sós. Sempre estava presente, falando sem parar, jamais lhes dava um momento de sossego.

Louise sentia-se tão infeliz com a situação quanto Roger.

– Talvez pudéssemos persuadi-la a sair daqui – sugeriu Roger.

– Eu não poderia fazer isso, querido. Ela é minha mãe.

– Deixe-me tentar – pediu Roger.

Ele foi falar com Sarah.

– Não gostaria de morar sozinha num bom apartamento? – disse Roger. – Terei o maior prazer em pagar o aluguel.

Sarah sacudiu a cabeça.

– De jeito nenhum. Quero continuar aqui, onde posso ficar de olho em minha filha. Ela precisa de mim.

– Louise já é adulta, não precisa mais da mãe.

– Só eu posso julgar isso.

No momento em que Roger concluiu que as coisas não podiam se tornar piores, tudo piorou.

Roger convidou seu chefe para jantar. Orgulhava-se de seus dotes culinários e resolveu preparar o jantar. Fez uma sopa de legumes deliciosa, um bolo de carne com purê de batata e uma torta de maçã. Ficou muito satisfeito com o jantar.

O chefe chegou na hora marcada. Olhou ao redor e comentou:

– É uma linda casa, Roger.

– Pequena demais – interveio Sarah.

– Eu gostaria de tomar um drinque – sugeriu o chefe.

– Lamento, mas não temos bebidas alcoólicas em casa – informou Roger.

O chefe se mostrou surpreso.

– Não?

– O jantar está pronto – anunciou Roger. – Por que não sentamos logo à mesa?

Louise serviu a comida que Roger preparara. A sopa foi o primeiro prato. O chefe provou-a.

– Está deliciosa.

– Salgada demais – reclamou Sarah. – Roger põe sal demais em tudo.

O prato seguinte foi o bolo de carne com purê de batata.

– É o melhor bolo de carne que já comi – comentou o chefe.

– Então não sabe nada sobre comida – disse-lhe Sarah. – Tem um gosto horrível.

– O purê está ótimo.

– Muito encaroçado.

O jantar inteiro foi assim. Sarah reclamou de tudo.

Eu seria capaz de matá-la, pensou Roger. E sentiu-se chocado com tal pensamento. Matar era contra o sexto mandamento. E no entanto...

Todas as tardes, Sarah saía para fazer compras. Adquiria vestidos, bolsas, echarpes e sapatos. Gastava muito dinheiro. Roger não teria se importado se não fosse um detalhe: ela punha tudo na sua conta. Suas economias investidas definhavam depressa. Ele foi falar com a sogra.

– Tem gastado muito dinheiro ultimamente e...

– Está se queixando? Minha filha casou com um pão-duro? Não posso desfrutar de uns poucos prazeres nesta vida?

– Claro que pode. Não tive a intenção...

– Neste caso, nunca mais torne a me falar sobre dinheiro. Eu sempre aconselhei minha filha a não casar com você, um sovina.

Roger conversou com a esposa.

– Não vai sobrar nenhum dinheiro em nossa poupança. Sua mãe está gastando tudo.

– Querido, mamãe é uma velha. Vamos deixar que ela se distraia um pouco.

– Uma velha? – gritou Roger. – Ela viverá mais do que nós. Nada pode matá-la. Se a mandassem para a jaula de um leão, o leão acabaria morrendo. Ela falaria até o leão se suicidar.

– Roger, está sendo grosseiro. Não se esqueça que ela é minha mãe.

E não havia mais nada que Roger pudesse dizer.

Roger sentia um profundo amor pela esposa e contava com um casamento feliz. Só que a presença da sogra transformava o casamento num inferno.

A última gota veio numa noite de sábado, quando Sarah declarou:

– Convidei uma pessoa para jantar conosco.

Roger tentou se mostrar simpático.

– Isso é ótimo. Nós a conhecemos?

– É um homem.

O convidado chegou às sete horas. Era alto, bonito e muito rico.

– Esta é minha filha Louise – disse Sarah.

Ela esqueceu de apresentar Roger, que estendeu a mão.

– Sou Roger.

– Olá, Roger. Sou Ken.

Ele olhou para Louise.

– Você é mesmo tão bonita quanto sua mãe me descreveu.

– Ken é solteiro – informou Sarah.

E no mesmo instante Roger compreendeu tudo. Sarah convidara aquele homem para apresentá-lo a Louise!

Louise e Ken conversaram durante todo o jantar.

– Tenho uma grande companhia de navegação. Ganho um milhão de dólares por ano. O único problema é que não tenho uma mulher com quem partilhar tudo isso. – Ken olhou para Roger. – Você é um homem de sorte.

– É verdade, sou mesmo – respondeu Roger.

E tenciono continuar assim, pensou ele.

– Ken adora ópera. E sei que você também gosta, Louise, enquanto Roger detesta. – Sarah olhou para Roger. – Ken tem ingressos para a ópera na noite de quarta-feira. Não seria ótimo se ele levasse Louise?

O que Roger podia dizer?

– Claro.

Ele estava rangendo os dentes.

– Então está combinado – declarou Sarah. – Vocês dois vão sair e se divertir um pouco.

Roger sentiu vontade de matá-la. *Matar. Essa palavra de novo*. Só que agora não era apenas uma palavra. Nunca odiara tanto uma pessoa em toda a sua vida. Sarah estava destruindo seu casamento. Depois que Ken foi embora, Roger disse:

– Estive pensando, Sarah. Seria muito melhor se você se mudasse para um apartamento só seu.

Sarah fitou-o nos olhos.

– Absolutamente não. Seja como for, eu não me surpreenderia se Louise se divorciasse de você para casar com Ken. Neste caso, eu iria morar com eles.

Foi nessa noite que Roger decidiu comprar o veneno.

Na manhã seguinte, Roger entrou numa *drugstore*.

– Venho tendo problemas com minhas plantas. Tem arsênico?

– Tenho, sim. Mas terá de assinar um recibo.

– Está bem.

Roger tomara uma decisão. A sogra tinha de morrer, mesmo que ele fosse para a cadeira elétrica por isso. Era a pessoa mais perversa que ele já conhecera.

Ele guardou o arsênico no bolso. Naquela noite, enquanto Louise e Sarah estavam na sala de jantar, Roger foi até a cozinha para buscar o café. Despejou o arsênico na xícara da sogra e mexeu. Voltou à sala de jantar.

– Aqui está seu café.

Roger pôs a xícara com o veneno na frente da sogra.

– Demorou muito – reclamou a sogra.

Ela tomou um gole e acrescentou:

– O café está com um gosto amargo.

– É uma marca diferente – explicou Roger.

– Pois vamos voltar a usar a antiga.

Ele observou Sarah tomar outro gole de café, e mais outro.

Podem me mandar para a prisão, pensou Roger. *Podem me executar. Não me importo. Valerá a pena, por me livrar desse monstro.*

Sarah terminou de tomar o café e murmurou:

– Vou me deitar. Não me sinto bem.

Roger observou-a ir para seu quarto. Era a última vez que ouviria suas reclamações, suas críticas.

Pela primeira vez em muito tempo, Roger e Louise ficaram a sós.

– Eu a amo muito, querida – disse Roger. – Não importa o que aconteça, lembre-se que eu a amo.

– Nada vai acontecer – respondeu Louise, sorrindo.

Ela não sabe de nada, pensou Roger. *Pela manhã, quando acordar, vai descobrir que a mãe morreu.*

Roger não dormiu naquela noite. Imaginou a cena pela manhã. Louise encontraria a mãe na cama, morta, e viria gritando à sua procura. A polícia seria chamada. Haveria uma autópsia. Descobririam o veneno e saberiam que ele o comprara.

Você envenenou sua sogra?

Envenenei.

E ele receberia a punição como um homem.

Na manhã seguinte, Roger observou Louise sair da cama e começar a se vestir.

A qualquer momento agora, pensou ele. *Louise vai entrar no quarto da mãe e descobrir o que aconteceu. Até lá, devo agir como se não houvesse nada de errado.*

Roger também se vestiu, foi para a sala de jantar. Deparou com Sarah sentada à mesa.

– Está atrasado – disse ela. – Não gosto que me deixem esperando.

Roger não podia acreditar em seus olhos. Vira-a tomar o veneno.

– Tive uma noite horrível – comentou Sarah. – E ainda estou com uma terrível dor de cabeça.

Ela é uma bruxa, pensou Roger. *Tenho de encontrar outra maneira.*

Roger era muito habilidoso com coisas elétricas. Naquela noite, enquanto Sarah saía para dar uma volta, foi a seu quarto e removeu o isolamento dos fios do abajur na mesinha-de-cabeceira. Assim, quando o ligasse, Sarah seria eletrocutada.

Ele tornou a passar a noite inteira acordado, esperando para ouvir os gritos de Sarah no instante em que a corrente elétrica passasse por seu corpo.

Ouviu Sarah entrar em seu quarto, fechar a porta.

Sentou na cama. Não houve qualquer ruído.

Ela já deve ter morrido a esta altura, pensou ele.

Pela manhã, vestiu-se, foi para a sala de jantar. Sarah já estava sentada à mesa.

– Esta casa está começando a cair aos pedaços – comentou ela. – O isolamento dos fios do meu abajur se desfizeram e eu tive de consertar.

Roger ficou atônito, incapaz de falar.

– Não gosto dessa gravata – acrescentou Sarah, ríspida. – Trate de trocá-la.

Não suporto mais, pensou Roger.

Na noite seguinte, durante a madrugada, Roger saiu da cama sem fazer barulho e foi ao quarto grande em que Sarah dormia. Levava um travesseiro. Inclinou-se sobre a cama e comprimiu o travesseiro contra o rosto de Sarah até que ela parou de respirar.

Cometi um assassinato, pensou Roger. *Violei o sexto mandamento: Não matarás. Serei punido por isso, mas valerá a pena.*

Ele voltou para seu quarto e mergulhou num sono profundo pela primeira vez em semanas.

Ao acordar, na manhã seguinte, Roger sentia-se exultante, sabendo que acontecera algo da maior importância. E depois recordou o que era. Matara sua sogra. Vestiu-se, com um sorriso de felicidade, e foi para a sala de jantar.

Encontrou Sarah sentada à mesa.

Fitou-a com os olhos arregalados, incrédulo.

– Tive um sonho horrível – queixou-se Sarah. – Sonhei que alguém tentava me sufocar.

Não adianta, pensou Roger. *Ninguém pode matá-la. Ela é indestrutível. Estou condenado a viver com essa mulher para sempre.*

Ele foi para o escritório na maior depressão.

– Você está bem? – perguntou o chefe. – Parece muito infeliz ultimamente, Roger. Alguma coisa o incomoda?

O que Roger podia dizer? Não queria se queixar de seu problema, e não havia nada que pudesse fazer a respeito.

– Não – respondeu ele. – Está tudo bem.

Roger compreendeu de repente por que se sentia particularmente deprimido naquele dia. Era quarta-feira, e à noite Louise sairia com um bonito e jovem milionário à procura de uma esposa.

É bem provável que ela o prefira a mim, pensou Roger. *Sarah tem razão. Não sou importante, não sou bonito. Talvez Louise tenha cometido um erro ao se casar comigo.*

Ele sabia o que iria acontecer. Naquela noite, ao voltar para casa, Louise o chamaria para uma conversa, e já podia imaginá-la em sua mente.

Roger, tenho uma coisa para lhe contar.

Não precisa me contar, Louise. Já sei o que é.

Eu me apaixonei por Ken.

Não posso culpá-la. Ele é melhor do que eu.

Gosto de você, Roger, mas mamãe tinha razão. Eu deveria ter casado com alguém melhor. Vou embora esta noite. Ken e eu viajaremos para Paris em nossa lua-de-mel.

Sua mãe vai acompanhá-los?

Não. Ela quer ficar aqui, com você.

Naquela noite, Louise pôs o seu vestido mais bonito.

– Não se importa que eu vá à ópera, não é mesmo, Roger?

– Não – mentiu ele. – Sei o quanto gosta de ópera. Divirta-se.

– Obrigada, querido.

Ela beijou-o.

É provavelmente a última vez que ela me beija, pensou Roger.

A campainha da porta tocou. Era Ken. Ele vestia um traje a rigor e estava muito bonito. Apertou a mão de Roger.

– Obrigado por me deixar levar sua esposa emprestada.

– Não há de quê – murmurou Roger.

Muito em breve ela será sua esposa.

Ele ficou observando os dois saírem, com o coração partido.

– Trate de lavar a louça – disse Sarah. – Vou me deitar.

Roger lavou e enxugou a louça, limpou a cozinha, foi para a cama. Claro que não conseguiu dormir. Ficou esperando que Louise voltasse, para anunciar que seu casamento acabara.

Por volta das onze horas, ela ainda não chegara.

Deu meia-noite, e nada.

Roger levantou-se, pôs-se a andar de um lado para outro. Finalmente, a uma da madrugada, Louise chegou em casa.

– Tenho uma notícia para você – declarou ela.

E Roger sabia o que aconteceria agora. *Não vou chorar*, pensou ele. *Não deixarei que ela saiba que me partiu o coração.*

– Pode falar.

Louise abraçou-o.

– Acabo de ter a noite mais chata da minha

vida. Ken não parou de falar por um instante sequer. E depois da ópera me levou a uma festa horrível. – Ela riu. – Nunca mais quero vê-lo, querido. Você é o único homem com quem desejo ficar.

Roger mal podia acreditar no que ouvia.

– Mas isso é maravilhoso!

Sarah saiu de seu quarto.

– Vocês dois querem calar a boca? Não estão me deixando dormir.

Pela manhã, Roger entrou em seu carro na maior felicidade. Saía de marcha à ré para a rua quando, pelo espelho retrovisor, avistou a sogra no caminho do carro. Ela se abaixara para pegar o jornal.

Até hoje, Roger nunca teve certeza se o pé escorregou e por acaso pisou no acelerador, em vez do freio, ou se foi intencional.

O que é certo é que ele atropelou a sogra, que foi declarada morta no local.

A Igreja acredita que se você peca em seu coração, é a mesma coisa que ter consumado o pecado de fato. Assim, Roger já pecara ao tentar envenenar a sogra, sufocá-la e eletrocutá-la. De qualquer forma, Roger violou o sexto mandamento: Não matarás.

A polícia foi bastante compreensiva, e o detetive disse a Roger:

– Não resta a menor dúvida de que foi um acidente.

E foi assim que Roger e Louise puderam finalmente viver a sós, desfrutando o milhão de dólares que Sarah deixara.

Capítulo 7

O sétimo mandamento:
Não cometerás adultério

Joe Smith era um marginal. Não um desses da pesada, mas um pequeno marginal. Desde os dez anos de idade que estava envolvido com a Máfia. Quando pequeno, era mensageiro dos mafiosos, e à medida que foi se tornando mais velho passou a ser incumbido de missões mais sérias. Tornou-se um cobrador – um homem que quebrava a cabeça das pessoas que não conseguiam pagar suas dívidas dentro do prazo estipulado. Joe gostava de seu trabalho. E gostava de pertencer à Máfia.

Aos dezessete anos, engravidou uma moça e foi obrigado a casar. A verdade é que ele não gostava muito da moça. Ela não era bonita, tinha um espírito mesquinho, gostava de mandar nele. Mas Joe sentia-se preso. Apesar de um gângster, Joe Smith era muito religioso. Nunca sonharia em cometer adultério – dormir com a mulher de outro.

O *capo* – o chefe da Máfia – era um homem chamado Fred "Furador de Gelo" Bulgatti. Tornara-se conhecido como "Furador de Gelo" porque gostava de matar suas vítimas enfiando-lhes um furador de gelo na cabeça, de orelha a orelha. Causava uma morte rápida e dolorosa. Era um homem enorme, com mais de um metro e noventa de altura, parecia um gorila. Dizia-se que podia esquartejar um homem com as mãos. Todos tinham pavor dele.

Fred Bulgatti tinha uma esposa e três filhos, além de uma amante, Angela. Sem ser nenhum anjo, era muito bonita. Possuía um corpo sensual e um rosto de artista de cinema.

Fred gostava do jovem Joe Smith e lhe disse:

– Um dia desses, Joe, vou torná-lo um "homem feito".

Um "homem feito" era alguém que matava uma pessoa. Depois que um homem se tornava "feito", passava a pertencer à Máfia para sempre.

A grande ambição de Joe era se tornar um homem feito. Todos os seus melhores amigos eram "feitos", e a maioria já matara várias pessoas. Joe queria participar desse grupo.

Sua oportunidade surgiu num dia de verão, quando Fred o chamou ao restaurante italiano em que jantava.

– Joe – disse ele –, está é a sua grande chance. Gostaria de se tornar um homem feito?

Joe se mostrou bastante animado com a perspectiva.

– Estou pronto.

– Ótimo. Um espertinho ligou para Angela e convidou-a para sair. Quero que você corte os dedos que discaram o número dela. E depois quero que corte as orelhas que a ouviram dizer "não" pelo telefone. E depois quero que dê um tiro na boca que a convidou para sair. Pode cuidar disso?

Joe sentiu-se muito orgulhoso.

– Claro que posso, chefe.

Fred entregou a Joe um revólver e uma faca.

– Tome aqui. Traga-me os dedos e as orelhas. Ninguém, mas *ninguém* mesmo, pode ter a ousadia de tentar conquistar minha Angela.

Timothy Brown – ou, como se tornou conhecido mais tarde, o *pobre* Timothy Brown – era um corretor de seguros. Ligara para Angela na tentativa de vender um seguro. Angela, que não era a mulher mais inteligente do mundo, entendera errado e pensara que ele estava querendo sair com ela. E contara a Fred. E fora então que Fred chamara Joe.

Timothy Brown estava em seu apartamento quando bateram à porta. Foi abri-la e deparou com Joe Smith.

– Sr. Brown?

– Isso mesmo. O que deseja?

– Vim aqui para fazer uma coisa. Falou ontem com uma mulher chamada Angela?

– Falei, sim. Deveríamos nos encontrar. Ela virá?

– Angela me mandou no seu lugar – disse Joe.

Vou poupá-los dos detalhes do que aconteceu em seguida, para evitar que estas páginas fiquem manchadas de sangue. Direi apenas que duas horas depois Joe entregou a Fred os dedos e as orelhas do pobre Timothy.

Fred ainda jantava quando Joe apareceu com os troféus. Fred examinou-os e comentou:

– Bom trabalho, garoto. Acertou um tiro na boca?

– Claro, chefe.

– Muito bem, agora é um homem feito. Daqui por diante, passa a ser um de nós.

Joe nunca se sentira mais feliz em toda a sua vida.

Daquele momento em diante, Joe tornou-se um mafioso completo. Junto com outros, assaltava bancos e postos de gasolina, cuidava de cassinos e de redes de prostituição – em suma, divertia-se um bocado.

Só matava pessoas quando era necessário. Matar não o perturbava. Por alguma razão, e nunca seria capaz de explicar por quê, o único mandamento que não queria violar era o sétimo: Não cometerás adultério.

Os outros gângsteres ao seu redor estavam sempre fazendo isso, mas Joe se orgulhava de nunca ter ido para a cama com a mulher de outro homem, nem ter enganado sua própria esposa. Costumava se gabar desse fato, e foi onde cometeu um grave erro. Um dia, Angela entrou na sala no momento em que Joe dizia:

– Enquanto estiver casado, nunca irei para a cama com outra mulher. O Senhor diz “Não cometerás adultério”, e acho que quem faz isso vai direto para o inferno.

Angela ouviu com o maior interesse, porque estava convencida de que não havia um único homem no mundo que não desejasse ir para a cama com ela. E Angela era tão bonita que é bem provável que tivesse razão.

– Aposto que você iria para a cama se encontrasse a mulher certa – disse ela a Joe.

Ele ficou chocado.

– Nunca!

Era tudo que Angela precisava ouvir. Tornou-se um desafio. *Nenhum homem é capaz de resistir a mim*, pensou ela, *muito menos Joe*.

Angela decidiu provar que estava certa. Um dia, disse a Fred:

– Querido, acho que alguém vem me seguindo. Não me sinto segura.

– Quem? – berrou Fred. – Vou esquartejá-lo!

– Não sei – respondeu Angela. – Apenas tenho a sensação de que alguém me espreita. Eu me sentiria muito mais segura se você ficasse ao meu lado durante todo o tempo.

– Sabe que não posso fazer isso. Tenho um negócio a dirigir.

Angela simulou pensar por um momento.

– Não poderia escolher um dos seus homens para me proteger? Eu me sentiria muito mais segura.

– Claro. Quem você quer?

Angela fingiu pensar outra vez.

– Ora, pode ser qualquer um. Joe Smith serviria.

– Está bem. Joe é um bom homem. Direi a ele para ficar de olho em você.

– Obrigada, querido. É só por uma ou duas semanas. Depois disso, tenho certeza que a pessoa que vem me seguindo vai sumir.

Na manhã seguinte, Fred chamou Joe ao escritório.

– Angela está com um pequeno problema – explicou Fred. – Ela acha que alguém a tem seguido. Quero que a acompanhe e a proteja.

– Certo, Fred. Qualquer coisa que mandar.

– Obrigado. Se descobrir quem é o cara, quero que o agarre e retalhe em pedacinhos. Quero seus braços, suas pernas e sua cabeça. Entendido?

– Claro, chefe. Será um prazer.

– Ninguém, absolutamente ninguém, toca na minha Angela.

Joe foi procurar Angela naquela tarde. Encontrou-a no lindo apartamento que Fred lhe dera. Ela usava apenas um negligê transparente. Joe ficou atordoado ao constatar como ela era linda.

– Entre, querido – disse Angela. – Já soube que você será meu guarda-costas.

– Isso mesmo. Tem alguma idéia de quem a vem seguindo?

– Não. Mas agora que você está aqui, não tenho mais medo. – Ela chegou mais perto. – Gostaria de tomar um drinque?

Joe engoliu em seco. Podia sentir o perfume de Angela e isso o deixava tonto.

– Não... não, obrigado. Fui avisado de que sairia para fazer compras esta tarde.

– É verdade.

Ele não conseguia desviar os olhos do corpo de Angela.

– Ahn... é melhor você se vestir.

Ela passou a mão pelo braço de Joe, murmurando:

– Se é isso o que você quer...

Joe lembrou-se do que Fred dissera: *Quero que o agarre e retalhe em pedacinhos.*

– É melhor sairmos.

– Está bem. Só vou demorar uns poucos minutos.

Joe observou Angela entrar no quarto. Minutos mais tarde, ela o chamou:

– Pode vir até aqui, por favor?

Joe entrou apressado no quarto. Encontrou Angela de pé, meio despida.

– O zíper enguiçou. Pode me ajudar?

Joe se adiantou. Ela tinha as costas completamente nuas. Era a coisa mais excitante que ele já vira. Sentiu-se tentado a dar um beijo, mas concluiu que não queria que seus lábios fossem cortados por Fred. Puxou o zíper.

– Obrigada.

Angela começou a trabalhar em Joe. E quando Angela trabalhava em um homem, não havia ninguém melhor. Primeiro, houve pequenas insinuações sobre como se sentia solitária. Depois, comentou que Fred Bulgatti a tratava muito mal e que achava Joe muito atraente.

Pedia a Joe para ir buscá-la no apartamento, deixava a porta destrancada e, quando ele entrava, chamava-o para o quarto, onde o aguardava nua. Joe voltava correndo para a sala. A situação era tentadora demais. E muito perigosa.

Joe tinha dois problemas. Primeiro, temia que Deus o fulminasse se violasse o sétimo mandamento. E segundo, sabia, com uma certeza absoluta, que Fred o retalharia em pedacinhos se algum dia tocasse em Angela.

Por outro lado, Angela recorria a todos os seus truques para atrair Joe à sua cama. A questão era só uma: Quem venceria?

A resposta, é claro, era muito simples: Angela.

Fred "Furador de Gelo" Bulgatti foi jantar com Angela.

– Como está se dando com Joe? – perguntou ele.

Angela deu de ombros.

– Ele é um cara legal. Mas não é muito inteligente e nada tem de atraente.

– Talvez eu deva providenciar outro para protegê-la – sugeriu Fred.

– Não há necessidade – respondeu Angela. – Joe tem feito um bom trabalho.

– Ainda acha que alguém a segue?

– Tenho certeza que sim. Ainda não vimos ninguém, mas posso sentir. De qualquer forma, sinto-me muito mais segura com Joe por perto.

– Tudo bem. Ele ficará com você por mais três dias e depois será substituído. Tenho de mandá-lo fazer um serviço em Chicago.

Três dias, pensou Angela. *Terei de trabalhar depressa.*

Na manhã seguinte, Angela ligou para a casa de Joe. A esposa de Joe atendeu.

– Joe está?

– Quem deseja falar?

– Aqui é Angela.

– Ah, é você! Tem se encontrado muito com meu marido ultimamente.

No fundo, a esposa de Joe não se importava. Já se cansara do marido e daria qualquer coisa para se livrar dele.

– Espere um momento que vou chamá-lo.

Joe veio atender.

– Alô?

Angela balbuciou, simulando uma voz fraca:

– Não estou me sentindo bem, Joe. Pode vir para cá o mais depressa possível? Acho que preciso de um médico.

– Claro. Quer que eu chame logo um?

– Não precisa. Venha para cá primeiro.

– Está bem – disse Joe. – Chegarei aí num instante.

Ele desligou e virou-se para a esposa.

– Ela parece estar muito mal.

Cinco minutos depois, Joe seguia para o apartamento de Angela. Encontrou a porta destrancada, como sempre. Refletiu que era muito estranho que uma mulher que temia vir sendo seguida deixasse a porta destrancada durante todo o tempo.

Ouviu a voz de Angela no quarto.

– Estou aqui, Joe.

Entrou no quarto. Ela estava deitada na cama.

– Venha até aqui.

A voz soava bem fraca. Joe ficou preocupado. Ela parecia mesmo muito mal.

– Sinto muito calor – murmurou Angela. – Pode sentir minha testa para ver se tenho febre?

Joe foi até a beira da cama e pôs a mão na testa de Angela. Estava mesmo quente.

– Acho que tem febre.

– Era o que eu temia – sussurrou Angela. – Detesto ficar sozinha quando estou doente. E Fred me deixa sozinha durante todo o tempo. Não se importa comigo.

– Claro que se importa.

Joe poderia lhe contar o quanto Fred se importava; e como cuidava para que qualquer homem que ousasse sequer pensar em Angela fosse assassinado da forma mais dolorosa possível.

Angela pegou a mão de Joe e puxou-o para o lado da cama.

– Você não é como Fred... é um homem sensível, bonito, maravilhoso.

Ela começou a puxar a mão de Joe para o seio.

Joe tentou se desvencilhar.

– Você me odeia, Joe? Não percebeu que estou loucamente apaixonada por você?

Ele murmurou, muito nervoso:

– Não pode estar apaixonada por mim, Angela, pois pertence a Fred.

– Não pertenço a ninguém... mas quero pertencer a você.

– É impossível. Se alguma vez fizermos qualquer coisa, Fred matará os dois. Tenho certeza de que não me deixará vivo. Ele adora retalhar as pessoas.

Joe fez menção de se levantar.

– Tenho de sair daqui.

Ela o conteve.

– Quer mesmo sair?

Angela empurrou o lençol para baixo, revelando que não usava nada. Absolutamente nada.

Joe contemplou o corpo nu e o quarto começou a girar. Ela o acariciava agora, puxando-o com insistência.

– Querido, sou louca por você. Quero ser toda sua.

Joe, para seu azar, não era feito de aço. Sua resistência desapareceu por completo. Ele tirou suas roupas o mais depressa que podia.

Que se dane!, pensou ele. *Fred nunca saberá a diferença.*

E quanto a violar o sétimo mandamento, Deus provavelmente está ocupado com outros pecadores.

Em cinco segundos, Joe estava na cama com Angela e ela o enlaçava. Ele pensou: *Esta será a coisa mais maravilhosa que já me aconteceu.*

E foi nesse momento que a voz de Fred "Furador de Gelo" Bulgatti trovejou:

– Ah, peguei vocês!

Joe virou a cabeça e deparou com Fred parado ao pé da cama, fitando-o com a maior raiva.

Dizem que quando uma pessoa está se afogando, toda a sua vida surge num relance diante dos olhos. Joe não estava se afogando, mas sua vida começou a se desenrolar diante de seus olhos. Especulava o que Fred cortaria primeiro. E tinha certeza absoluta de que sabia.

Fred continuou parado ali, o rosto vermelho de fúria, e gritou:

– Vistam-se! Os dois!

Angela estava apavorada. Sabia do que Fred era capaz, mas seu terror não era nada em comparação com o de Joe. Ele teve de fazer um grande esforço para sair da cama e se vestir. Fred observava-os e murmurou:

– Minha garota e meu melhor amigo...

Joe decidiu que, já que ia mesmo morrer, podia pelo menos morrer como um homem.

– Não culpe Angela – disse ele. – A culpa foi toda minha. Eu a obriguei a...

– Cale-se! – berrou Fred. – Não fale nada enquanto eu não mandar!

Ele virou-se para Angela.

– Sua vagabunda! Depois de tudo que fiz por você!

Assim que ambos se vestiram, Fred acrescentou, ameaçador:

– Meu carro está lá fora. Vamos dar um passeio.

Joe sabia que era o fim. Deus faria com que ele fosse morto por ter violado o sétimo mandamento. Nada poderia salvá-lo agora. Angela ainda tentou uma saída:

– Fred, querido, não é o que parece. Nós apenas...

– Vi muito bem o que vocês faziam – interrompeu-a Fred.

– Mas...

– Cale essa boca. E vamos embora.

Ele conduziu-os para o carro, uma limusine preta. Um mafioso sentava ao volante. Fred empurrou Joe e Angela para o banco traseiro e ordenou ao motorista:

– Pode partir.

Joe tremia de medo. Sabia que eram os seus últimos momentos neste mundo. Seria retalhado em pedacinhos e serviria de comida para os peixes. Conseguiu recuperar o uso da voz e balbuciou:

– Para onde está me levando?

– Já mandei ficar de boca fechada! – berrou Fred.

O resto da viagem transcorreu em silêncio. Joe teve a impressão de que andaram por horas, e ficou surpreso ao perceber que se aproximavam de Las Vegas. Seria morto em Las Vegas?

O carro parou na frente de uma capela nupcial. Joe se sentia cada vez mais confuso.

– Saiam do carro – ordenou Fred.

Angela e Joe saltaram.

– Muito bem, agora vou explicar a situação. – Fred fitou Joe nos olhos. – Eu deveria matá-lo. Era meu amigo e eu confiava em você. Mas como tenho o coração mole, vou deixá-lo viver.

Joe não podia acreditar no que ouvia. Fred olhou para Angela.

– Também confiava em você, e me foi infiel. Mas vou perdoá-los. E sabem por que vou perdoá-los? Porque, no fundo do coração, acredito que nenhum dos dois podia evitar o que aconteceu. Acho que se apaixonaram e a coisa se tornou inevitável.

Angela fitou Fred na mais profunda incredulidade.

– E também porque tenho o coração mole – acrescentou Fred – pouparei suas vidas.

Ele tornou a olhar para Joe.

– Mas vocês terão de se casar.

– Não posso casar com Angela – murmurou Joe. – Já tenho uma esposa.

– Não se preocupe com isso. Neste momento ela está num tribunal, obtendo o divórcio.

Joe se encontrava em tamanho estado de pânico que nem se deteve a perguntar como tudo fora providenciado tão depressa, como a esposa podia pedir o divórcio no exato momento em que ele casava com Angela.

Se Joe tivesse ouvido uma conversa que ocorrera no dia anterior, poderia compreender tudo.

Fred conversava no escritório com um dos seus homens.

– Tenho de me livrar de Angela – declarou ele. – Ela está me levando à loucura. Não pára de pedir mais e mais. Tem todas as jóias e peles do mundo, mas nunca é suficiente.

– Mas como pode se livrar dela sem magoar seus sentimentos?

Fred tinha a solução.

– Usarei Joe. Acho que Angela vem tentando levá-lo para a cama.

– Mas será que ele vai cair?

– Ficou louco? Claro que vai. Não há um único homem no mundo que Angela não possa conquistar. Ficarei de olho no apartamento, e assim que ele ceder, vou pegá-los em flagrante. Obrigarei Joe a casar com ela, farei sua esposa se divorciar e tudo acabará bem. Além do mais, tenho uma nova garota que é uma beleza.

E foi assim que Joe Smith descobriu-se casado com a linda Angela e divorciado da esposa que detestava.

E tudo isso aconteceu porque violei o sétimo mandamento: Não cometerás adultério, refletiu Joe.

Capítulo 8

O oitavo mandamento:

Não roubarás

Seu nome era Tom. Tom Warner. Trabalhava num banco e seu salário era de cento e cinqüenta dólares por semana. Se Tom fosse solteiro e vivesse sozinho, talvez pudesse se agüentar com esse salário, mas ele era casado e tinha três filhos. Como alimentar uma mulher e três crianças, mandá-las para a escola, comprar sapatos e roupas com esse salário? É impossível.

Quando era mais jovem, Tom só pensava em se tornar um grande sucesso, talvez um dia ser dono de um banco. Depois que conheceu a esposa, Mary, só pensava em construir uma linda casa para ela. Quando os meninos nasceram, só pensava em levá-los num cruzeiro pelo mundo, a bordo de um enorme iate.

Agora, aos quarenta e cinco anos, Tom só pensava em dinheiro. Estava atrasado em todas as contas e tinha a impressão de que recebia uma nova a cada dia. Por mais que tentassem economizar, Tom e Mary viviam sempre sem dinheiro.

A ironia era que todos os dias Tom manipulava milhões de dólares no banco. Só que esse dinheiro não lhe pertencia.

Uma manhã, ao desjejum, Mary avisou:

– As crianças precisam de sapatos novos outra vez, querido.

– Compramos sapatos há apenas dois meses.

– Sei disso. Mas eles gastam os sapatos muito depressa. E a conta do açougue ainda não foi paga. Tentei comprar um pouco de carne a crédito, mas o açougueiro disse que não pode mais nos vender fiado.

– Quanto lhe devemos? – perguntou Tom.

– Duzentos dólares.

Para Tom, era a mesma coisa que dever dois mil dólares.

– Não temos nenhum dinheiro para lhe dar.

Mary detestava levantar o problema, mas não podia deixar de fazê-lo.

– Querido, o padeiro também cobrou o que devemos.

– De novo?

Não eram apenas o açougueiro e o padeiro, mas também o corretor de seguros, o mecânico, o eletricista que fizera alguns consertos no apartamento, o dentista das crianças, o técnico de televisão e, acima de tudo, o senhorio. Tom pagava trezentos dólares de aluguel pelo pequeno apartamento em que moravam, o que lhe trazia sérias dificuldades mês após mês. Ao se mudarem, Tom tinha certeza de que em breve receberia um aumento e uma promoção no banco. Mary sugeriu agora:

– Por que não pede um aumento ao Sr. Gable?

Gable era o dono do banco em que Tom trabalhava.

– Há anos que ele vem lhe prometendo um aumento – acrescentou ela.

– Sei disso, e detesto pedir de novo.

A verdade é que Tom tinha medo de Marvin Gable, um homem autoritário que gostava de ser mesquinho com seus empregados. Era muito rico, mas não passava pela sua cabeça partilhar essa riqueza. Pagava os menores salários da cidade e se gabava por isso.

– Você merece um aumento – insistiu Mary. – Fale com ele e seja firme. Defenda seus direitos.

Mary era mais forte do que o marido. Tom era muito tímido, e faria qualquer coisa para não melindrar os outros. Mary amava-o muito, mas gostaria que ele fosse mais forte.

– Prometa que vai pedir o aumento, Tom.

– Está bem.

– Quando?

– Esta manhã.

Tom entrou na sala de Gable para pedir um aumento.

– Sr. Gable, trabalho no seu banco há dez anos, e durante todo esse tempo só tive um aumento. Trabalho com afinco e acho que tenho direito a ganhar mais.

Gable era enorme e gordo, vivendo pela comida e pelas mulheres. Não tinha qualquer sentimento por seus empregados.

– Quanto estou lhe pagando agora?

– Cento e cinqüenta dólares por semana.

Gable simulou surpresa.

– Tudo isso? Deveria se sentir feliz por receber esse salário.

– Tenho esposa e três filhos, senhor. Vivo em dificuldades, mal consigo pagar minhas contas.

– Deve estar jogando fora a maior parte do seu salário em cinema e festas.

Tom não ia ao cinema há mais de um ano e não podia se lembrar da última festa a que fora.

– Não, senhor, não é isso – respondeu ele, bastante nervoso. – Sou muito cuidadoso com o meu dinheiro. Acontece apenas que meu salário não é suficiente.

– Mas terá de ser por enquanto. Passamos por momentos de crise, Tom. O dinheiro anda escasso. Mas você é um bom funcionário, e no próximo ano conversaremos sobre seu aumento.

– Desculpe, Sr. Gable, mas disse isso no ano passado e no anterior.

– Quer dizer que vem me importunando por um aumento todos os anos? É melhor parar com isso. Se não gosta do emprego arrumarei outro para o seu lugar.

Tom entrou em pânico. A perspectiva de perder o emprego era insuportável. Se isso acontecesse, ele, Mary e as crianças passariam fome, com toda certeza.

– Adoro meu emprego, senhor. Juro que é verdade. Podemos esquecer o aumento por enquanto. Talvez mais tarde queira conversar de novo a respeito.

– Pode ser – disse Gable. – E agora volte ao trabalho.

E Tom voltou ao trabalho.

Foi uma manhã movimentada no banco. Entre os clientes, havia grandes empresas, ricos investidores e até mesmo pequenos países. O banco emprestava milhões de dólares todos os dias. Grande parte desse dinheiro passava pelas mãos de Tom.

Ele se pôs a pensar sobre as pessoas que eram ricas. Não tinham de se preocupar com o pagamento do dentista ou do açougueiro. Não tinham de se preocupar quando precisavam mandar o carro para a oficina. Não tinham de se preocupar em manter um teto sobre suas cabeças. Só se preocupavam com o que fariam nas próximas férias, que tipo de casaco de pele comprariam para suas esposas, para que escola particular mandariam os filhos.

Naquela noite, quando Tom chegou em casa, Mary perguntou:

– Conseguiu o aumento, querido?

Ele já ia responder que não, mas percebeu a expressão ansiosa da esposa e compreendeu que não podia desapontá-la.

– Consegui – mentiu Tom. – O Sr. Gable me deu um aumento.

Ela abraçou-o.

– Oh, querido, isso é maravilhoso!

Tom sentiu-se angustiado. *Por que menti para ela?*, perguntou a si mesmo. Mas sabia o motivo. Não suportaria dizer a Mary que era um fracasso, fraco demais para exigir o salário a que fazia jus.

– Vamos comemorar – propôs Mary. – Levaremos as crianças a um restaurante esta noite. Há muito tempo que não vamos a um restaurante.

Tom ficou em pânico. Onde arrumaria o dinheiro para levar a família a um restaurante?

– É uma boa idéia – balbuciou.

Ele apalpou os bolsos.

– Estou sem cigarros. Vou até a esquina comprar um maço.

– Enquanto isso, aprontarei as crianças.

O desespero de Tom era cada vez maior. Saiu de casa, só que não foi comprar cigarros; em vez disso, dirigiu-se a uma loja de penhores, onde sempre se podia tomar algum dinheiro emprestado. O penhorista levantou os olhos quando Tom entrou.

– Em que posso ajudá-lo?

Tom tirou o relógio do pulso.

– Gostaria de empenhar isto.

O penhorista examinou o relógio.

– Posso lhe dar dez dólares.

– Dez dólares? O relógio vale cem!

O homem deu de ombros.

– O máximo que posso oferecer é quinze dólares.

Tom sabia que estava sendo ludibriado, mas precisava do dinheiro.

– Está bem.

O homem pegou o relógio e entregou três notas de cinco dólares a Tom.

– Se não vier resgatar o relógio dentro de uma semana, tenho o direito de vendê-lo.

Tom ficou horrorizado. Precisava do relógio. *Uma semana*. Onde obteria quinze dólares extras em uma semana?

– Não pode prorrogar para um mês?

– Absolutamente não. Venderei o relógio daqui a uma semana.

Como me meti nessa enrascada?, pensou Tom. A mentira que dissera a Mary o afundava cada vez mais em problemas.

Naquela noite, Tom, Mary e os meninos foram a um restaurante chinês. Ele optara por um restaurante chinês porque era mais barato. A conta foi de quinze dólares exatos.

Agora, Tom não tinha mais o relógio nem o dinheiro. Na volta para casa, Mary comentou:

– As crianças e eu adoramos, Tom. Por falar nisso, de quanto foi o aumento que o Sr. Gable lhe deu?

Era tarde demais agora para contar a verdade.

– Mais cinqüenta dólares por semana – respondeu Tom.

Já que tenho de mentir, pensou ele, *pode ser logo uma mentira grande*. Mary abraçou-o.

– Mas que maravilha, querido! Agora está ganhando duzentos dólares por semana.

– Isso mesmo.

Só em meus sonhos é que ganho duzentos dólares por semana. Nem em cem anos o Sr. Gable me pagaria duzentos dólares por semana.

– Agora podemos pagar todas as nossas contas! – exclamou Mary, feliz.

Já sei o que farei, refletiu Tom. *Vou me matar. Mary pode aproveitar o dinheiro do seguro para pagar as contas.*

Foi a única solução que ocorreu a Tom.

– Que horas são? – indagou Mary.

Tom já ia consultar o relógio, mas se lembrou de que não o tinha mais e murmurou:

– Deixei o relógio em casa.

Tom passou a noite inteira acordado, tentando encontrar uma saída para seu problema. Se largasse o emprego, teria de começar tudo de novo, em outro banco, desde o primeiro degrau. Permanecendo onde estava, podia arrumar um emprego noturno, a fim de ganhar mais. Só que assim nunca teria tempo para ver Mary e as crianças. Passaria dia e noite trabalhando. Amava-os demais e não suportava a idéia de se privar da companhia da família.

Só restava uma solução: o suicídio.

Ele tinha um seguro de vida no valor de dez mil dólares. Seria o suficiente para Mary pagar todas as contas atrasadas e mandar as crianças para a escola. Poderia sair com os meninos para jantar fora, ir ao cinema.

É a solução, concluiu Tom. *Terei de cometer suicídio*.

Mas ele se lembrou de repente que a apólice de seguro seria cancelada se cometesse suicídio. A morte tinha de ser acidental.

Se sofresse uma morte natural, a seguradora pagaria os dez mil dólares. Se morresse num acidente, porém, havia uma cláusula de indenização em dobro, vinte mil dólares.

Terei de fazer com que pareça um acidente, pensou Tom. *Não poderão provar que foi suicídio. Posso sair com o carro da estrada, no alto de uma montanha. É isso mesmo. Vou me jogar com o carro num precipício*.

Ele olhou para Mary, num sono profundo, e refletiu: *Ela vai sentir saudade de mim, e os meninos também. Mas poderá encontrar outro homem e se casar de novo*.

Tom sentia tanta pena de si mesmo que começou a chorar baixinho, para não acordar a mulher.

Pela manhã, sentia-se muito melhor. Sabia o

que tinha de fazer para salvar a família e tencionava executar o plano o mais depressa possível. Amava-os tanto que não hesitaria em sacrificar a própria vida por eles. Ao desjejum, Mary comentou:

– Você parece muito animado esta manhã, querido. É por causa do aumento?

– É, sim. Há muito tempo que não me sentia tão bem.

E era verdade. A perspectiva da morte não mais o assustava, uma vez que isso tornaria sua família feliz.

Agora que tomara a decisão de se matar, Tom começou a pôr suas coisas em ordem. Certificou-se de que a apólice de seguro continuava em vigor. Relacionou com todo cuidado as contas atrasadas, em ordem de importância. O aluguel vinha em primeiro, depois o açougueiro e o resto. Deixaria um bilhete com instruções para Mary.

Não, não posso fazer isso, refletiu. *Saberiam, assim, que planejei minha morte.*

Ele correu os olhos pelo banco e pensou: *Este é o meu último dia aqui. Nunca mais tornarei a ver nenhuma dessas pessoas.*

– Vai sair para almoçar?

Era Gregory, um dos colegas do banco.

– Claro – respondeu Tom.

Seria seu último almoço.

Foram a um restaurante perto do banco.

Gregory trabalhava no departamento de fusões e era um dos diretores do banco. Detestava o Sr. Gable tanto quanto Tom.

– Já soube da nova operação que Gable arrumou para o banco? – indagou Gregory.

Tom sacudiu a cabeça.

– Não.

– Ele levantou um empréstimo secreto para a Companhia de Café Venezuelana. Quando a notícia for divulgada, as ações da companhia vão subir mil por cento. – Gregory baixou a voz. – Se você quiser ganhar dinheiro, compre algumas ações agora. O negócio deve ser anunciado na segunda-feira.

Comprar algumas ações com quê?, pensou Tom, amargurado. Não lhe restava sequer um relógio de pulso para empenhar.

– Obrigado – murmurou Tom. – Não esquecerei.

Terminaram o almoço, e Gregory disse:

– Bom, é hora de voltar ao trabalho.

É hora de me aprontar para morrer, pensou Tom.

Já planejara tudo. O dia seguinte era sábado, ele diria a Mary que tinha um trabalho a realizar. A pequena cidade em que moravam era cercada por montanhas. Ele sairia de carro e se jogaria do alto de uma montanha. A morte seria considerada um acidente.

Tom voltou ao banco para o que seria sua última tarde ali. Avistou Gregory no outro lado da sala sussurrando ao telefone e compreendeu que o colega comprava ações que teriam uma alta de mil por cento. Sorte de Gregory!

Uma secretária veio até a mesa de Tom e entregou-lhe um papel.

– Acabamos de receber este pedido de transferência do Banco da Suécia. Pode creditar na conta?

– Pode deixar.

Tom olhou para o pedido de transferência. Era de um milhão de dólares. Ele contemplou o documento em silêncio por um longo tempo. Era sexta-feira, e assim o depósito só seria creditado na segunda. O que significava que haveria uma espera de três dias inteiros...

O procedimento correto seria efetuar um crédito imediato na conta do Banco da Suécia. *Mas que se dane o procedimento correto*, pensou Tom.

Subitamente, ele percebia uma luz no fim do túnel. Depositaria o cheque em sua própria conta e faria um cheque de um milhão de dólares contra o depósito. Nada seria descoberto até segunda-feira. *A esta altura, já terei recebido o dinheiro da alta nas ações e poderei repor tudo*, calculou Tom. Tomar simplesmente esse dinheiro emprestado até segunda-feira não é o mesmo que roubar. Assim que as ações subirem, recuperarei tudo, acertarei as contas e sairei da operação como um homem rico. Não precisarei me matar.

Tom pensou e repensou por um longo tempo, tentando decidir o que fazer. Acabou tomando sua decisão. Ligou para um corretor.

– Quero comprar ações da Companhia de Café Venezuelana no valor de um milhão de dólares.

Ao desligar descobriu que suas mãos tremiam. *Acabei de roubar um milhão de dólares*, pensou. *Se descobrirem, passarei o resto da vida na cadeia*.

Na manhã seguinte, Mary perguntou:

– Não disse que tinha de ir às montanhas hoje?

– Adiei o serviço.

Tom sentiu-se tentado a contar como se tornariam ricos, mas não disse nada. Na segunda-feira, quando fosse divulgada a notícia sobre a companhia, as ações subiriam, ele autorizaria o corretor a vendê-las, reporia o milhão de dólares no banco, largaria o emprego e levaria Mary e os filhos numa viagem de férias à Europa. *Poderei até comprar um iate*, pensou Tom.

Nem é preciso dizer que Tom praticamente não dormiu naquele fim de semana. As horas pareciam se arrastar.

E veio a manhã de segunda-feira. Ainda bem cedo, Tom telefonou para seu corretor.

– O que aconteceu com a Companhia de Café Venezuelana?

– O que poderia ter acontecido? – indagou o corretor.

– Quanto a cotação subiu?

– Não subiu nada. Ao contrário, caiu um ponto.

Tom sentiu um aperto no coração.

– Como?

– Isso mesmo. Estava esperando uma alta?

– Não – balbuciou Tom. – Isto é, sim... ora, não importa.

Ele desligou. Nunca se sentira tão deprimido em toda a sua vida. Haveria uma diferença de um milhão de dólares em suas contas.

O que vou fazer?, especulou Tom.

Ao final do dia, todas as contas eram conferidas e os saldos verificados. Ele estava acuado e não tinha como escapar.

Às dez horas, tornou a ligar para o corretor.

– Alguma notícia sobre as ações?

– Sim.

O coração de Tom disparou.

– O que aconteceu?

– Caíram mais um ponto.

Tom bateu o telefone.

Muito bem, vou entrar na sala do Sr. Gable e contar o que fiz, decidiu Tom. *Podem me prender. Podem me deixar mofando na cadeia. Será uma desgraça para Mary e os meninos. Não! Não posso fazer isso! Esperarei até que descubram.*

Não teria de esperar por muito tempo. Já era meio-dia. Às três horas da tarde, começariam a conferir as contas, e sua fraude seria descoberta. Tom foi até a mesa de Gregory.

– Acabei de me lembrar de uma coisa – disse ele, tentando parecer casual. – Há alguma novidade sobre aquela história do café venezuelano que você me contou?

– Parece que a operação pode ser cancelada – respondeu Gregory.

Tom teve vontade de se matar ali mesmo.

– Vai sair para almoçar? – perguntou Gregory.

Tom sacudiu a cabeça. Estava transtornado demais para comer. Aquele seria o seu último dia de liberdade.

Ele decidiu que não esperaria que descobrissem o desvio. Iria se comportar como um homem de verdade e contaria tudo ao Sr. Gable. Olhou para o outro lado da sala e avistou o Sr. Gable sentado em seu gabinete. Respirou fundo e foi até lá.

O Sr. Gable examinava alguns documentos.

É agora, pensou Tom. *O fim de meu casamento, o fim de minha vida. Provavelmente serei condenado a vinte anos de prisão.*

– Sr. Gable...

– Não vê que estou ocupado?

– Mas eu...

– Volte mais tarde.

– Mas eu...

– Mais tarde!

Tom ainda permaneceu parado ali por mais um instante, depois virou-se e saiu. Voltou à sua mesa, sentou e ficou pensando em sua estupidez. Tudo começara com uma tola mentira sobre um aumento; depois, o relógio de pulso penhorado; e em seguida a idéia de suicídio.

Consegui transformar minha vida na maior confusão, refletiu Tom.

Olhou para o outro lado da sala e viu que o Sr. Gable se preparava para sair. Encaminhou-se apressado em sua direção, a fim de fazer a confissão.

– Sr. Gable, eu...

– Vou sair para almoçar agora.

– Mas...

E Gable se afastou.

Nem sequer me deixam confessar, pensou Tom. *Talvez eu devesse ir direto à polícia e contar tudo. Não. O Sr Gable deve ser o primeiro a saber.*

Finalmente, às duas horas da tarde, quando Gable retornou ao banco e entrou em sua sala, Tom levantou-se, determinado a não permitir que nada o detivesse desta vez. Já preparara um discurso:

Sr. Gable, desviei um milhão de dólares do seu banco. Sei que agi errado, mas fiz isso por minha família. Estou disposto a confessar tudo à polícia e ir para a prisão.

E desta vez não deixaria de jeito nenhum que o Sr. Gable o interrompesse.

Tom levantou-se e deu um passo na direção da sala de Gable. Foi nesse momento que o telefone em sua mesa tocou. Ele já definira a confissão em sua mente, e não queria ser interrompido. Continuou a avançar para a sala de Gable. O telefone continuou a tocar. Tom hesitou. Decidiu atender. Seria o último telefonema que atenderia. Voltou para sua mesa, pegou o fone.

– Alô? – disse ele, impaciente.

– Tom?

– Sou eu mesmo.

Era o corretor e sua voz estava excitada.

– Por Deus, Tom, você acertou na sorte grande!

– Como assim?

– As ações da companhia de café. Uma loucura.

Tom sentiu o sangue afluindo para seu rosto.

– É mesmo?

– Subiram dez pontos, e continuam subindo. O que quer que eu faça?

– Venda – respondeu Tom. – Venda tudo.

– Está certo, mas elas ainda vão...

– Não importa! Venda agora!

Tom gritava ao telefone. Ao desligar, arriou em sua cadeira, em choque. Ganhara dez milhões de dólares! Continuou sentado ali, atordoado. Dez milhões de dólares! Tudo que tinha de fazer agora era repor o milhão de dólares que tomara emprestado, e ainda lhe restariam nove milhões. Gable se aproximava de sua mesa.

– Tom, você vai ter de trabalhar esta noite outra vez. Tenho alguns contratos que quero que você...

Tom levantou-se.

– Gable, pode engolir todos os seus contratos.

E Tom saiu do banco, deixando Gable a observá-lo, boquiaberto.

Repôs o milhão de dólares que tirara do banco e recebeu os outros nove milhões do corretor. Mudou-se com Mary e os filhos para uma linda casa, comprou um carro novo e lindas roupas para ela, e levou-a, junto com os meninos, numa viagem de três meses pela Europa.

E tudo porque violara o oitavo mandamento.

Capítulo 9

O nono mandamento:
Não darás falso testemunho
contra o teu próximo

Donald nunca estivera apaixonado. Continuava solteiro. Trabalhava numa loja de departamentos, vendendo sapatos, e levava uma vida tranqüila. Morava num pequeno apartamento, em Chicago.

Não se sentia feliz nem infeliz. Sua vida não era emocionante, mas ele não se importava com isso. Todos os dias, ao voltar do trabalho, servia-se de um drinque, lia um livro ou assistia à televisão.

De repente, a vida de Donald mudou. Uma noite, ao voltar para casa, encontrou carregadores levando móveis para o apartamento ao lado do seu. Há vários meses que o apartamento se achava vazio, e Donald especulou quem seriam os seus novos vizinhos. Não demorou a descobrir.

Ao sair para o trabalho, na manhã seguinte, teve o primeiro vislumbre dos novos vizinhos. A mulher era atraente, pequena, cabelos escuros, feições delicadas. O marido era enorme, de aparência vulgar. Naquele momento, Donald pensou no casal como a bela e a fera.

Donald acenou com a cabeça.

A mulher sorriu, amável, mas o homem limitou-se a amarrar a cara.

Ele observou-os entrarem em seu novo apartamento. Especulou que tipo de vizinhos seriam. Logo descobriria.

De madrugada, Donald foi despertado por gritos no apartamento ao lado. As paredes eram tão finas que ele pôde ouvir tudo o que o casal dizia. O homem berrava com a mulher:

– Não me diga o que fazer! Se eu quiser passar a noite inteira fora, ninguém vai me impedir! Nenhuma mulher vai mandar na minha vida!

– Não estou querendo mandar na sua vida – protestou a mulher. – Mas tem saído com outras mulheres e...

– Isso não é da sua conta! E se me azucrinar outra vez, vai sair machucada!

Para seu horror, Donald ouviu o som da mulher sendo esbofeteada. E, depois, ouviu-a chorando.

– Por favor, não me bata! – suplicou ela.

– Então cale essa boca!

A gritaria cessou, mas Donald não conseguiu voltar a dormir. Passou a noite inteira acordado, preocupado com a linda mulher do apartamento ao lado, que tinha um marido brutal.

Na manhã seguinte, ao sair de seu apartamento, Donald deparou com a mulher. Ela ia para o trabalho. Tinha um olho roxo, uma enorme equimose no rosto.

– Bom dia – disse Donald.

A mulher se mostrou embaraçada.

– Bom dia.

Donald sentiu-se tentado a dizer que ouvira tudo que acontecera durante a noite, mas não queria constrangê-la ainda mais. Pensou que deveria comunicar o caso à polícia, mas aquilo não lhe dizia respeito. E torceu para que nunca mais tornasse a acontecer.

Sua esperança foi em vão.

Naquela noite, quando se preparava para deitar, Donald ouviu vozes no apartamento ao lado, através das paredes finas.

– Aposto que você está me passando para trás com um dos médicos do hospital! – bradou o homem.

– Não é verdade – respondeu a mulher. – Só

porque você é infiel, isso não significa que eu também seja.

– Não comece com isso de novo, mulher, ou vou lhe dar uma surra de cinto!

Donald teve de fazer um grande esforço para se controlar. *Como uma mulher assim pôde casar com tal homem?*, especulou ele.

Tornou a prestar atenção às vozes.

– Você está bêbado – disse a mulher. – Pare de beber, por favor.

– Quem é você para me dizer o que devo fazer?

Donald ouviu o som de pratos sendo jogados contra a parede.

– Não faça isso, por favor – suplicou a mulher. – São os nossos melhores pratos.

– Tudo aqui me pertence, e farei o que bem quiser!

Donald ouviu o som de um tapa.

– Está me machucando!

– Ótimo. E, se não parar de me chatear, vou bater para valer. Entendeu?

Donald ouviu os soluços da mulher. Ficou tão furioso que teve vontade de matar o vizinho. Sabia que não era da sua conta, mas não suportava ver uma mulher tão adorável ser tão maltratada.

Na manhã seguinte, ao sair, Donald deparou com a vizinha. Ela dava a impressão de que não dormira durante a noite inteira.

– Bom dia – disse Donald.

– Bom dia.

Ela tem o sorriso mais meigo do mundo, pensou Donald.

– Escute – disse ele –, sei que não é da minha conta, mas está tudo bem com você?

Ela olhou ao redor, bastante nervosa.

– Está, sim.

Era óbvio que sentia um medo tremendo.

– Se houver alguma coisa que eu possa fazer...

A mulher pôs a mão em seu braço.

– Por favor, não faça nada. Se meu marido simplesmente desconfiasse que falei com você eu poderia me considerar morta.

– Por que o deixa tratá-la dessa maneira? – indagou Donald.

– Ele não era assim quando casamos. Mudou muito, e não sei o que fazer.

– Pode deixá-lo.

Ela sacudiu a cabeça.

– Ele me encontraria. Sabe onde trabalho. Iria atrás de mim e me mataria.

Donald não sabia o que dizer.

– Lembre-se, estou aqui do lado, se precisar de mim.

A mulher sorriu.

– Obrigada.

Fitaram-se nos olhos e compreenderam nesse instante que sentiam uma forte atração mútua. Era a primeira vez que Donald experimentava uma emoção verdadeira por uma mulher.

Aqui está uma mulher com quem eu poderia casar, pensou ele.

– Tenho de ir agora – murmurou ela. – Adeus.

– Adeus.

Donald ficou parado, perguntando-se o que poderia fazer para ajudá-la. Conhecia a resposta: Nada.

À medida que o tempo passava, a situação ia se agravando. As paredes eram tão finas que Donald podia ouvir cada palavra pronunciada no apartamento ao lado. O marido chegava em casa bêbado e furioso, a esposa tentava acalmá-lo. Donald ouvia o som de tapas e a súplica da mulher:

– Não me bata, por favor.

E ouvia o homem agredindo-a de novo.

Eu gostaria de poder fazer alguma coisa, pensou Donald.

Numa manhã de sábado, ao deixar o apartamento, Donald tornou a encontrar a vizinha.

– Bom dia – disse ele. – Trabalha aos sábados?

– Não. Resolvi sair para comer alguma coisa. Meu marido está dormindo.

– Importa-se que eu a acompanhe?

Ela hesitou. Donald sabia o que a mulher pensava e se apressou em acrescentar:

– Não se preocupe. Seu marido nunca saberá. Além do mais, não há qualquer mal em tomarmos o café da manhã juntos.

Ela sorriu.

– Está bem.

Foram para uma pequena lanchonete, a dois quarteirões do prédio.

– Estou contente por você ter se mudado para o apartamento ao lado – comentou Donald.

A mulher sorriu.

– É um bom apartamento.

Ela entendera o que Donald estava querendo

dizer. Ele sentia-se contente porque assim haviam se conhecido.

– Em que você trabalha? – perguntou Donald.

– Sou enfermeira. Trabalho num hospital.

– Como se tornou enfermeira?

Ela tornou a sorrir.

– Desde pequena eu queria cuidar das pessoas. Meu pai foi muito doente durante a maior parte de sua vida e, depois que mamãe morreu, passei a cuidar dele. Minha irmã também não tinha uma saúde muito boa e vivia sob meus cuidados. – Uma pausa, e a mulher acrescentou, tímida: – É o que gosto de fazer.

Donald pensou: *Eu adoraria ter alguém como você para cuidar de mim.*

– Há quanto tempo é casada?

Ela franziu o rosto.

– Dois anos.

– Como conheceu seu marido?

– Ele foi meu paciente no hospital. Meteu-se numa briga e alguém quebrou suas costelas. Cuidei dele e, assim que se recuperou, ele me pediu em casamento. Sei o que está pensando, mas meu marido não era assim quando casamos. Era um homem gentil, terno, generoso. Eu me culpo por sua mudança.

– Isso é um absurdo – protestou Donald. – Não

pode ser culpada pelo que ele faz. Só é responsável por si mesma.

– Eu bem que gostaria de acreditar nisso. Ele faz com que eu me sinta culpada.

– Não permita! – exortou Donald, veemente.

A garçonete aproximou-se da mesa e eles pediram o desjejum. Donald percebeu que a mulher tinha dificuldade para comer, pois estava com a boca inchada. Nunca sentira tanta pena de alguém em toda a sua vida.

– De onde você é? – perguntou Donald.

– Chicago.

– Eu também. Da zona leste.

– Foi onde eu nasci.

– O que gostava de fazer em Chicago?

– Gostava de ir à ópera e ao teatro.

– Eu também.

Era espantoso o quanto tinham em comum. Conversaram sobre Chicago, as escolas em que haviam estudado, e o tempo parecia voar.

Donald nunca apreciara tanto a companhia de uma pessoa em toda a sua vida.

Quero passar o resto da minha vida com essa mulher, pensou ele.

Mas sabia que era impossível, pelo menos enquanto ela continuasse casada com aquele homem brutal.

Se Donald pensara antes que estava apaixonado pela mulher, já tinha certeza disso ao terminarem o desjejum. Ela era a pessoa mais meiga e simpática que já conhecera. Donald examinou a equimose no rosto e murmurou:

– Não pode continuar assim. Se ficar com seu marido, ele acabará por matá-la.

Os olhos dela se encheram de lágrimas.

– Não sei o que fazer.

– Deixe-o.

Ela sacudiu a cabeça.

– Não posso. Casei com ele e tenho de permanecer ao seu lado.

– É apaixonada por ele?

A mulher fitou Donald nos olhos antes de responder:

– Não sou mais.

Ele sentiu que seu coração disparava. Pôs a mão sobre a dela.

– Não sabe como me sinto contente por tê-la conhecido – murmurou Donald.

– Eu também.

E ela tornou a exibir seu sorriso maravilhoso.

Donald acompanhou-a na volta.

Assim que ela entrou no apartamento, Donald ouviu os gritos do marido.

– Onde esteve? Com quem você saiu?

– Com ninguém. Fui apenas comer alguma coisa.

– Está mentindo!

Donald ouviu o som de um golpe, um corpo caindo no chão e os soluços da mulher.

– Por favor, deixe-me em paz.

Houve o som de outro golpe e ela gritou.

Não dá mais para suportar, pensou Donald.

Teria de ir lá e tentar conter o homem. Só que o marido tinha quase o dobro do seu tamanho. Não havia a menor possibilidade de Donald conseguir vencê-lo numa briga.

As discussões foram se tornando cada vez piores. O homem chegava em casa no meio da noite completamente bêbado.

Donald podia ouvi-lo acordar a mulher e começar a gritar com ela.

E depois ouvia os sons de tapas, o choro da mulher, as súplicas para que ele parasse de espancá-la.

– Estive com uma mulher de verdade esta noite – gabava-se o marido. – Uma mulher com fogo nas veias.

– Por que não volta para ela?

E Donald ouvia os sons de tapas e socos mais uma vez.

De vez em quando, encontrava a mulher no

corredor, e em cada ocasião ela tinha um olho roxo, ou o lábio inchado, e andava como se sentisse uma dor intensa.

– Você está bem? – perguntava Donald.

E ela sempre respondia:

– Estou, sim.

Ele nunca a ouvia se queixar. A coisa que mais queria no mundo era protegê-la. Mas como? Não tinha a resposta.

Donald não conseguia parar de pensar na linda vizinha. No trabalho, enquanto vendia sapatos, sua mente voltava para a bela e a fera.

Tenho de tirá-la de lá antes que ele a mate, pensava Donald. *Se ao menos o marido tomasse a iniciativa de abandoná-la!*

Mas Donald sabia que não havia a menor possibilidade de que isso viesse a acontecer.

Na manhã seguinte, porém, tudo mudou.

Tornaram a se encontrar no corredor. Ela tinha o lábio inchado e cortado.

– Bom dia – disse Donald.

– Bom dia.

A mulher mal conseguia falar. Donald não podia mais suportar.

– Preciso conversar com você.

Ela sacudiu a cabeça.

– Estou atrasada para o trabalho.

– É importante. Por favor, dê-me cinco minutos.

Ela fitou-o nos olhos.

– Está bem.

Donald levou-a para a mesma lanchonete em que haviam tomado o café da manhã.

– Não pode continuar assim – disse ele. – Seu marido vai acabar por matá-la. Sabe disso, não é?

A mulher balançou a cabeça, os olhos marejados de lágrimas.

– Não sei o que fazer – balbuciou ela, chorando.

– Vou lhe dizer o que tem de fazer. Deve sair daquele apartamento, deixar seu marido.

Ela sacudiu a cabeça.

– Para onde eu iria?

– Arrumarei um apartamento para você, um lugar em que ele jamais conseguirá encontrá-la. Pode largar o emprego no hospital. Tenho dinheiro suficiente para sustentá-la.

– E por que faria isso por mim?

– Porque a amo.

A mulher pôs a mão sobre a dele.

– Também amo você, Donald.

Ele nunca se sentira mais feliz em toda a sua vida.

– Então está combinado. Basta me dar um ou dois dias para encontrar um apartamento. Vai se divorciar de seu marido e se casar comigo.

Os olhos da mulher faiscaram.

– Quer mesmo casar comigo?

– Mais do que qualquer outra coisa no mundo. O que você diz?

Ela sorriu.

– Claro que quero casar com você.

Donald foi despertado às duas horas da madrugada pelo barulho no apartamento ao lado. O homem gritava com a mulher. Começaram a brigar. E desta vez era pior do que o habitual. Donald ouviu a mulher dizer:

– Não agüento mais. Vou deixá-lo e casar com outro.

O coração de Donald transbordou de alegria.

– Vai fazer *o quê?* – berrou o homem.

Donald ouviu o som de um tapa e a mulher berrou:

– Pare com isso! Vou embora daqui!

– Não vai a lugar nenhum!

A mulher tornou a gritar.

Depois, horrorizado, Donald ouviu o som de um objeto pesado batendo em carne e o som de um corpo caindo no chão. O silêncio voltou a reinar.

Donald empalideceu. *Ele a matou!*

Encostando o ouvido na parede, Donald tentou escutar o que se passava no outro apartamento. Ouviu o barulho de um corpo sendo arrastado pelo chão. Ouviu um tapete sendo puxado e, na imaginação, pôde ver o corpo da mulher sendo envolto pelo tapete. Ouviu a porta do outro apartamento ser aberta.

Donald foi até sua porta, prestou atenção. Ouviu o som de alguém descendo pela escada sem fazer barulho.

Ele está saindo com o corpo para escondê-lo em algum lugar!

Donald passou a noite inteira andando de um lado para outro, perguntando-se o que deveria fazer.

Pela manhã, na hora em que a mulher costumava sair para o trabalho, Donald abriu sua porta. Não havia qualquer sinal dela.

Ele permaneceu em seu apartamento até meio-dia, não conseguiu mais suportar e telefonou para o hospital em que a mulher trabalhava. Pediu para falar com ela e uma enfermeira informou:

– Ela não veio trabalhar hoje.

Nem poderia, pensou Donald. *Está morta.*

Mas ele não permitiria que a fera escapasse impune.

Encostou o ouvido na parede e pôde ouvir o homem se movimentando no outro apartamento. *Ele tenta se esconder. Provavelmente espera a melhor oportunidade para fugir. Só que isso não vai acontecer*, pensou Donald. *Assassinou sua esposa e terá de pagar por isso.*

Mas *como* Donald faria com que ele pagasse? Não tinha nenhuma prova do que ocorrera. O homem poderia simplesmente dizer que a esposa se ausentara numa viagem e a polícia não teria como provar o contrário.

Donald não tinha a menor idéia do lugar em que o homem escondera o corpo. *Se a polícia revistar o apartamento*, pensou Donald, *com toda certeza encontrará provas do crime. Mas como posso persuadi-los a efetuar uma revista?*

E foi então que ele teve uma idéia.

Donald foi à delegacia e disse:

– Quero comunicar um assassinato.

O sargento no balcão levantou os olhos.

– Quem foi assassinado?

– Minha vizinha.

– E como sabe que houve um assassinato?

Foi nesse momento que Donald violou o nono mandamento.

– Vi tudo. Moro ao lado do homem que assassinou a esposa. Ouvi-os brigando e ela gritou: "Não me mate!" E depois foi assassinada.

– Como sabe?

– Ao abrir a porta do meu apartamento, vi quando ele tirava o corpo do prédio.

O policial se tornara agora muito interessado.

– Onde está o homem agora?

– Continua no apartamento.

– Mandarei dois detetives até lá com você.

– Obrigado.

Donald dera um falso testemunho, e se orgulhava disso. Vingaria a mulher por quem se apaixonara.

Os dois detetives foram com Donald para o prédio.

– Este é meu apartamento – indicou Donald. – O assassinato ocorreu naquele outro.

– E diz que o homem se encontra ali agora?

– Isso mesmo.

– E diz que o viu saindo do prédio com o corpo?

– Vi, sim.

– Muito bem, vamos até lá.

Os dois detetives sacaram seus revólveres.

– Fique para trás. Deixe-nos cuidar disso.

Um dos detetives bateu na porta. Esperaram. Ninguém atendeu. Ele tornou a bater, mais alto. Também não houve resposta. O detetive encostou o ouvido na porta.

– Há alguém se movendo lá dentro. Ele está mesmo aqui.

O segundo detetive disse:

– Vamos arrombar a porta.

Os policiais arrombaram a porta a pontapés e os três entraram no apartamento.

A esposa se agachava num canto, com uma expressão de terror. Não havia o menor sinal do marido.

Com um sentimento de horror, Donald compreendeu subitamente o que acontecera. Fora a *esposa* que matara o marido! O que ouvira, durante a madrugada, fora ela arrastando o corpo do marido para fora do prédio. E ele a entregara à polícia! A mulher olhou para Donald e sussurrou:

– Eu o matei. Tinha de matá-lo.

– Está presa, dona – disse um dos detetives. – É melhor nos acompanhar.

Donald continuou parado onde estava, em choque, enquanto os policiais levavam a única mulher que já amara.

Capítulo 10

O décimo mandamento:
Não cobiçarás a casa do próximo

Esta é a história de um homem chamado Howard, que passou dois anos cobiçando a casa do vizinho.

Howard era um detetive. Isto é, fora um detetive.

Ao deixar a polícia, alugara uma casa e se mudara com a esposa e a filha jovem para uma parte horrível da cidade. A casa era pequena e malconservada, e a casa ao lado se encontrava em situação ainda pior.

– Por que está fazendo isso? – protestou a esposa. – Não precisamos viver assim.

– Quero morar aqui – insistiu Howard. – E um dia quero comprar a casa do vizinho.

A mulher de Howard olhou pela janela para a casa ao lado, quase em ruínas.

– Você quer ser dono daquilo? Por quê? É a pior casa que já vi!

– Gosto dela – murmurou Howard, obstinado.

Havia uma placa de "Vende-se" na frente da casa, com o nome e endereço da corretora imobiliária.

Howard foi procurar a corretora.

– Estou interessado em comprar a casa ao lado daquela que alugamos – anunciou ele. – Quanto custa?

– Trinta mil dólares. Devo ser honesta com você. Não vale isso. Não vale sequer dez mil dólares. Mas o dono insiste que não podemos vendê-la por menos de trinta mil dólares. – A corretora sacudiu a cabeça. – A casa se encontra à venda há cinco anos, e ninguém se interessou até agora. Para ser franca, é uma das piores casas que já vi. Nem sei por que estamos cuidando de sua venda.

– Posso falar com o proprietário?

– Não. – A corretora baixou a voz. – Ele está cumprindo uma pena de dez anos na penitenciária.

Howard já sabia disso, porque fora ele quem prendera o homem por assalto a um banco e o mandara para a penitenciária.

– Vamos supor que eu dê uma entrada de alguns milhares de dólares e depois...

– Sinto muito, mas o proprietário exige o pagamento integral à vista. Age como se não quisesse vender a casa.

– Pois eu vou comprá-la – declarou Howard. – De um jeito ou de outro, arrumarei o dinheiro.

Howard obteve um emprego de guarda num armazém portuário e outro como vigia noturno num prédio de escritórios.

– Por que está fazendo isso? – protestou a esposa. – Não precisa de dois empregos. Sua filha e eu quase não o vemos mais.

– Será por pouco tempo – garantiu Howard. – Quero ganhar bastante dinheiro para comprar a casa ao lado.

A esposa não podia acreditar.

– Ainda pensa em comprar aquela casa? É uma ratoeira. Não, retiro o que disse, nem os ratos entrariam ali.

– Você vai gostar – prometeu Howard. – Espere só para ver.

No dia do pagamento, quando Howard recebeu os salários dos dois empregos, sua esposa disse.

– Ficarei com a metade. Preciso comprar roupas para mim e para nossa filha.

– Não há nenhum dinheiro – respondeu Howard.

– Como assim?

– Depositarei todos os meus salários numa conta de poupança.

Ela ficou perplexa.

– Para quê?

– Quero economizar para comprar a casa ao lado.

A esposa já pensara antes que Howard enlouquecera. Agora, teve certeza.

– Vai guardar tudo que receber só para comprar aquela casa horrível?

– Exatamente.

Ao chegar do trabalho durante o dia, às seis horas da tarde, Howard tinha uma hora de folga antes de seguir para o emprego noturno. A esposa o esperava.

– Vamos sair para jantar – propôs ela. – Há muito tempo que não ponho os pés fora desta casa.

– Eu trouxe o jantar – anunciou Howard.

Ele abriu um saco e tirou três pizzas.

– É isso o nosso jantar?

– É, sim – confirmou Howard. – Temos de poupar ao máximo.

– E para que estamos poupando?

A esposa já sabia a resposta antes mesmo de fazer a pergunta.

– Para comprar a casa ao lado.

A situação foi se tornando cada vez pior. Não apenas Howard não comprava roupas para a esposa e a filha, nem as levava a restaurantes, mas também arrumou um terceiro emprego. Trabalhava agora vinte e quatro horas por dia e quase não dormia.

A esposa se preocupava mais e mais. Seu irmão conhecia um bom psiquiatra, e ela persuadiu Howard a procurá-lo.

– Não preciso de um psiquiatra – afirmou Howard. – Sou perfeitamente são.

– Passa vinte e quatro horas por dia trabalhando, em três empregos, para comprar a pior casa que já vi, e ainda se considera são? Tem de procurar o psiquiatra!

Para fazê-la calar a boca, Howard acabou concordando.

O psiquiatra era alto, uma aparência distinta, excelente reputação. Interessara-se pelo caso de Howard porque nunca ouvira falar de nada parecido.

– Deite-se, Howard.

Howard obedeceu.

– Sua esposa me disse que tem três empregos.

– É verdade.

– Gosta de trabalhar, Howard?

– Não.

– Se só tivesse dois empregos, poderia viver com relativo conforto?

– Poderia.

– Se só tivesse um emprego, poderia viver com relativo conforto?

– Acho que sim – admitiu Howard.

O psiquiatra estudou o paciente em silêncio por um momento.

– Então, não precisa de três empregos, detesta trabalhar, e ainda assim tem três empregos.

– Isso mesmo.

– Trabalha para ganhar um dinheiro extra, Howard?

– É o motivo.

– E o que planeja fazer com esse dinheiro extra?

Howard sentou no divã.

– Comprar uma casa – respondeu ele, no maior entusiasmo. – Fica ao lado da nossa, que é alugada. E é a casa mais linda que já vi.

O psiquiatra estava aturdido.

– Sua esposa me disse que é a casa mais feia que ela já viu.

– Ora, ela não entende dessas coisas. Posso lhe garantir que a casa é uma beleza.

– Poderia me trazer uma foto da casa, Howard?

– Tenho uma aqui. Sempre a levo comigo.

O psiquiatra achou que isso era muito interessante.

– Posso vê-la?

– Claro.

Howard tirou uma foto pequena do bolso de trás da calça e mostrou-a ao psiquiatra, orgulhoso.

O psiquiatra examinou-a por um longo tempo. Era a casa de pior aparência que já vira. Uma casa de madeira. Parecia suja, corroída pelo tempo, e parte do telhado dava a impressão de estar prestes a desabar.

– É apaixonado por essa casa, Howard?

– De certa forma, acho que sim. Quero-a mais do que já quis qualquer outra coisa no mundo.

– Sempre foi apaixonado por casas, Howard?

– Claro que não. O que acha que sou? Algum tipo de maluco? Essa é a única casa que já amei.

– E quer comprá-la?

– Pode ter certeza de que farei isso. E, quando me mudar para aquela casa, serei o homem mais feliz do mundo.

– Sua esposa detesta aquela casa, Howard.

– Ela aprenderá a amá-la. Acredite, ela passará a amá-la, e muito.

Uma situação que não podia piorar se tornou ainda pior. Cada momento de vigília de Howard era devotado a pensar na casa, planejar a compra, pensar em meios para apressá-la. Se o dia tivesse mais de vinte e quatro horas, ele arrumaria um quarto emprego.

Como Howard não gastava quase nada consigo mesmo ou com a família, o dinheiro na conta de poupança foi crescendo rapidamente. Ele já dispunha agora de dez mil dólares. Foi procurar a corretora.

– Tenho dez mil dólares. Darei isso como entrada da casa e...

Ela sacudiu a cabeça.

– Não é possível. Falei com o proprietário. Ele se recusa a aceitar menos de trinta mil dólares e quer tudo à vista. Expliquei que não valia isso, que nunca venderá por esse preço, mas ele disse que não se importa. Infelizmente, não há nada que eu possa fazer para facilitar.

Howard levantou-se.

– Eu voltarei.

A corretora observou-o ao sair e pensou: *É*

um homem muito estranho. O que há de tão especial naquela casa que o leva a se empenhar tanto para comprá-la?

A esposa de Howard especulava a mesma coisa.

– Querido, por que está fazendo isso? Não posso me lembrar da última vez que comprei um vestido novo, e estou cansada de comer *pizza* três vezes por dia, o que também acontece com sua filha. Vivemos como animais. Nunca saímos. Nunca fazemos coisa alguma.

– Quer parar de reclamar? – gritou Howard. – Prometo que será feliz quando nos mudarmos para a nossa nova casa.

– Como pode chamar aquilo de casa? Não passa de uma pilha de madeira apodrecida! Eu não deixaria nem mesmo meu cachorro viver ali!

– Não tem nenhum cachorro.

– Claro que não. Não teríamos condições de alimentá-lo. Nem nós comemos direito, porque todo o dinheiro vai para aquela estúpida conta de poupança.

– Até mais tarde – disse Howard. – Tenho de sair agora para o trabalho.

A situação se prolongou por mais seis meses. As roupas de Howard se tornaram esfarrapadas. Havia um buraco na calça e outro na camisa.

– Não pode ir trabalhar desse jeito – disse a esposa. – Tem de comprar camisas e calças novas.

– Não temos dinheiro para isso – protestou Howard.

– Como, não temos dinheiro? Você está ganhando quase mil dólares por semana.

– É verdade, mas temos de economizar cada centavo para comprar aquela casa.

– Estou cansada de ouvir falar daquela casa! – berrou a esposa. – Jurei que nunca faria isso, Howard, mas vou me divorciar de você.

Howard ficou chocado.

– Não pode se divorciar. Eu a amo.

– E quando tem tempo para me amar? Tem um emprego de oito da manhã às seis da tarde, depois o emprego noturno, de seis da tarde à meia-noite, e mais outro de meia-noite às sete da manhã. Não tem tempo sequer para respirar, muito menos para me amar. Não posso mais viver assim.

– Será apenas por mais algum tempo – suplicou Howard. – Já temos quase o dinheiro necessário para comprar a casa.

– E depois disso o que teremos? Moraremos na pior casa que já vi.

– Confie em mim.

– Confiar em você? Já não sou nem capaz de reconhecê-lo.

Ela saiu correndo da sala.

Howard queria ficar para confortá-la, mas estava na hora de voltar ao trabalho.

Os três empregos começaram a cobrar seu tributo. Howard andava como um sonâmbulo. Nunca dormia mais que uma ou duas horas por noite e seu corpo ansiava por alimentos saudáveis. Afinal, só comia *pizzas* e sanduíches. Uma comida nociva.

Howard tornava-se mais cansado a cada dia, mas continuava a exigir o máximo de si mesmo. A conta de poupança aumentou para vinte mil dólares... vinte e dois mil... vinte e cinco mil...

Voltou a procurar a corretora.

Ela mal o reconheceu. Howard emagrecera quase dez quilos, estava esquelético. Usava uma barba agora, porque não queria perder tempo a se barbear. A voz era tão fraca que quase não dava para ouvi-lo.

– Você está bem? – perguntou a corretora.

– Estou, sim. – A voz era um sussurro rouco. – Tenho vinte e oito mil dólares. Acha que...

Ela fitou-o com compaixão.

– Eu bem que gostaria de ajudá-lo. Mas não posso vender a casa por menos de trinta.

Howard balançou a cabeça. Levou um tempo enorme para se levantar.

– Está bem – sussurrou ele. – Eu voltarei.

A corretora observou-o retirar-se, meio trôpego, e pensou: *Ele não vai conseguir.*

Só faltam dois mil dólares, pensou Howard. *Mais umas poucas semanas e terei o dinheiro necessário para comprar a casa.*

A esposa de Howard mandou-o de volta ao psiquiatra.

Ele também não reconheceu Howard, que parecia à beira da morte. Estava magro demais, com uma barba comprida.

– É um prazer vê-lo de novo, Howard – disse o psiquiatra. – Sente-se bem?

– Muito bem.

Ele sentia dor nos olhos, no estômago, na cabeça. Mal conseguia divisar o psiquiatra, de tanta dor.

– Fico contente em ouvir isso, Howard. Sua

esposa me disse que parou de comprar comida para a família.

– Não é verdade. Ela pode comer todas as *pizzas* que quiser.

– Não se pode viver de *pizza*, Howard.

– Mas eu vivo.

– Continua determinado a comprar aquela casa?

– Claro que sim. Quero aquela casa mais do que qualquer outra coisa no mundo.

– Sabe qual é o décimo mandamento, Howard? Não cobiçarás a casa do próximo.

– Não me importo com o décimo mandamento. Quero aquela casa de qualquer maneira.

– Acha que será feliz quando a conseguir?

Howard sorriu.

– Serei muito feliz.

O psiquiatra estudou-o. Havia buracos nos seus sapatos, as roupas estavam rasgadas. Parecia um desabrigado, um mendigo. Era óbvio que se encontrava mentalmente doente.

– Howard, sua esposa e eu conversamos, e achamos que seria uma boa idéia se você passasse alguns dias no hospital. Na minha opinião, não está nada bem.

Howard levantou-se; quando falou, o psiquiatra quase não pôde ouvi-lo:

– Mande-me a conta, doutor. Pagarei depois que comprar a casa.

Finalmente, chegou o dia em que Howard – cambaleando, mal conseguindo andar – entrou de novo na sala da corretora. Parecia ainda mais magro do que na última vez em que ela o vira. Tinha a barba mais comprida, as roupas mais rotas. Se não soubesse quem ele era, não o deixaria entrar em sua sala.

– Consegui – balbuciou Howard. – Tenho todo o dinheiro.

Ele pôs um cheque visado no valor de trinta mil dólares em cima da mesa.

A corretora fitou-o, incrédula. Ali estava um homem com trinta mil dólares, vestido como um mendigo, e cheirando como quem não tomava banho há seis meses. Howard tornara-se tão fraco que tinha dificuldade para permanecer de pé.

– Sente-se – disse a corretora. – Pobre coitado. Este é todo o dinheiro que tem no mundo?

Howard acenou com a cabeça.

– E vai gastar tudo na compra daquela casa?

Howard tornou a balançar a cabeça.

– Muito bem, se é isso o que quer, a casa é

sua. – Ela estendeu uma nota de venda. – Basta assinar aqui.

Howard pegou a caneta, mas estava tão fraco que não foi capaz de segurá-la.

A corretora ficou alarmada, receando que ele morresse antes de fechar o negócio. Ajudou-o a segurar a caneta e observou-o assinar.

– Pronto – disse ela. – A casa é sua.

E que Deus o ajude, pensou a corretora.

– Obrigado.

Howard guardou os documentos nos bolsos rasgados, e ela viu-o sair cambaleando, enquanto pensava: *Pobre coitado. Enlouqueceu por completo. Acaba de jogar fora trinta mil dólares.*

Naquela noite, ao chegar em casa, Howard anunciou à esposa:

– Compramos a casa do vizinho, meu bem.

– Oh, não!

– É verdade, e prometo que vai adorá-la.

A voz de Howard era tão engrolada que a esposa tinha dificuldade para entendê-lo.

– Por favor, Howard, deixe-me levá-lo ao médico.

– Não preciso de médico. Estou bem.

– Vai pelo menos descansar um pouco?

– Claro que vou descansar. Acabo de largar o emprego.

– Como? Que emprego?

– Todos os três.

Ela ficou aturdida. Num momento Howard insistia em trabalhar em três empregos, e logo em seguida largava todos ao mesmo tempo. Ela casara com um louco.

– Howard, você tem de procurar um médico.

– Estou ocupado demais para procurar um médico. Vamos nos mudar para a nossa nova casa esta noite.

– Esta noite? São quase dez horas. Por que não deixamos para amanhã?

– Tem de ser esta noite – insistiu Howard.

Ele estava tão fraco que precisava se apoiar numa cadeira para não cair. A esposa decidiu atendê-lo.

– Está certo, querido, vamos nos mudar esta noite.

Nenhum dos dois jamais estivera antes no interior da casa ao lado. Se o exterior era péssimo, o interior era ainda pior. Toda a casa se encontrava prestes a desmoronar, os cômodos tinham um cheiro de podre. A esposa de Howard desatou a chorar.

– Não podemos morar aqui! – protestou ela.

– Será por bem pouco tempo – assegurou Howard.

Ela não podia acreditar no que ouvira.

– Comprou esta casa só para morarmos aqui *por bem pouco tempo*?

– Isso mesmo.

– Escute, Howard...

Mas ele arriara no chão, num sono profundo.

Dormiu direto por vinte e quatro horas, e a esposa não teve coragem de acordá-lo. Quando finalmente despertou, Howard olhou ao redor e indagou:

– Onde estamos?

– Na casa que você tanto queria – respondeu a esposa, amargurada. – Agora que estamos aqui, o que vai fazer com uma casa assim?

– Aproveitá-la.

Howard passou os dois dias seguintes descansando.

No terceiro dia, foi a uma loja de ferragens, comprou uma picareta e uma pá.

– O que pretende fazer com isso? – perguntou a esposa.

– Vou consertar o porão – explicou Howard.

Ele desceu, e durante o dia inteiro a esposa pôde ouvir os ruídos que fazia no porão.

Ao final de três dias, ela ouviu Howard gritar lá embaixo e desceu correndo, com receio de que ele tivesse se machucado.

– O que aconteceu, Howard?

Ele estava parado na beira de um enorme buraco que abrira no porão.

A esposa foi para o seu lado. No buraco, havia uma enorme caixa de metal.

Howard pegou a caixa. Abriu-a. Lá dentro, havia pilhas de notas de cem dólares.

– Oh, Deus! – balbuciou a esposa. – O que é isso?

Howard virou-se para ela, sorrindo.

– Tem um milhão de dólares aqui. Bugsy Burton assaltou o First National Bank, eu o prendi e mandei para a penitenciária, por dez anos. O dinheiro nunca foi encontrado, mas Bugsy morava aqui, e concluí que ele só podia ter escondido em algum lugar da casa.

– Não posso acreditar...

– Vamos sair amanhã, e comprarei para você e nossa filha as roupas mais lindas da cidade.

Depois, vamos ter o melhor jantar do mundo. E partiremos numa viagem ao redor do mundo. – Howard sorriu. – Quer saber de uma coisa? Quem disse "não cobiçarás a casa do próximo" era um idiota.

Capítulo 11

O décimo primeiro mandamento:
Nunca dirás uma inverdade

Ele se chamava David e era provavelmente o ser humano mais honesto do mundo. Ainda menino, o pai lhe contara a história de George Washington e a cerejeira.

– George Washington foi o primeiro Presidente dos Estados Unidos – dissera o pai de David. – Quando tinha oito anos, seu pai foi até o pomar e descobriu que sua cerejeira predileta fora cortada. Perguntou aos criados se tinham sido eles. "Não", responderam todos. Ele perguntou à esposa: "Foi você que cortou a cerejeira?" Ela respondeu que não. O pai chamou o pequeno George. "Foi você que cortou a cerejeira, George?" E o menino respondeu: "Fui eu, sim, pai. Não posso dizer uma mentira."

Essa história deixara David tão impressionado que ele decidira que nunca, mas nunca mesmo, diria uma inverdade.

Ao ingressar na escola, David descobriu que todas as outras crianças colavam nas provas. Num momento de fraqueza, ele colou também, copiando a resposta de um colega. Tirou um "A", que era a nota mais alta. Mas procurou o professor e disse:

– Senhor, não posso mentir. Colei na prova.

O professor deu zero a David e obrigou-o a permanecer na escola depois das aulas, como castigo.

Ao se formar, David e alguns amigos foram pedir emprego numa fábrica. O gerente perguntou:

– Vocês têm alguma experiência?

– Claro – respondeu um dos amigos de David.

– Muita experiência – acrescentou outro.

David sabia que os dois mentiam. O gerente virou-se para ele.

– E você, tem alguma experiência?

– Não – respondeu David.

Os amigos foram contratados e David não.

Ao se tornar mais velho, David foi trabalhar numa companhia de seguros. Uma noite, levou para casa alguns clipes e folhas de papel. No dia seguinte, porém, procurou seu chefe.

– Senhor, não posso mentir. Roubei alguns clipes e folhas de papel.

O chefe descontou de seu salário.

Os outros empregados sempre levavam coisas para casa, mas nunca comunicavam. Acharam que David era um tolo.

– Por que não leva as coisas e fica de boca fechada, David? – indagaram.

David sacudiu a cabeça.

– Não posso fazer isso. Quero ser como George Washington. Nunca direi uma inverdade.

Os outros não podiam entender.

David tinha uma namorada, Kathy, por quem era muito apaixonado.

– Quero casar com você – anunciou David.

Ela abraçou-o.

– Também quero casar com você, querido.

David sentia-se muito feliz. Tinha um bom emprego e uma namorada a quem amava. *Sempre compensa dizer a verdade*, pensava ele.

Kathy tinha uma amiga chamada Betty. Muito bonita e sensual, Betty gostava bastante de David, que não se interessava por ela. David estava apaixonado por Kathy.

Uma noite, quando Kathy se achava ocupada, Betty telefonou para David e disse:

– Minha televisão quebrou, David. Você poderia vir até aqui e consertá-la?

David era muito bom nessas coisas.

– Claro, Betty. Terei o maior prazer.

Ele foi ao apartamento de Betty.

A única coisa errada com o aparelho de televisão era o fato de estar desligado da tomada.

– Tudo que precisa fazer é ligá-lo na tomada, Betty.

David fez a ligação e a televisão funcionou com perfeição.

– Você é tão inteligente, David... Não posso imaginar como isso aconteceu.

Ela se adiantou, abraçou David.

– Quero lhe agradecer, David.

Betty beijou-o nos lábios. Ele retribuiu ao beijo, mas depois percebeu o que fazia e tratou de se desvencilhar.

– Não podemos fazer isso, Betty. Vou casar com Kathy.

– Sei disso – sussurrou Betty, tornando a beijá-lo.

– É melhor eu ir embora – disse David.

Se ele fosse um homem comum, teria se calado sobre o incidente. Mas, sendo tão honesto quanto era, decidiu que tinha de contar a verdade a Kathy. No dia seguinte, ao almoçarem, David disse:

– Tenho uma coisa para lhe contar, Kathy.

– O que é, querido?

– Ontem à noite fui ao apartamento de Betty e nos beijamos.

Kathy ficou aturdida.

– Vocês o quê?

– Eu não tinha a intenção de beijá-la Aconteceu de repente. Pode compreender, não é?

– Claro que posso.

Kathy jogou a água de seu copo na cara de David.

– Kathy...

Ela saiu do restaurante sem lhe dar atenção.

David tentou falar com ela no dia seguinte, e no outro, uma semana depois, um mês. Kathy não o atendia e nunca respondia às ligações.

Foi a recompensa de David por ser honesto.

Mas isso o desencorajou? Nem um pouco.

Os amigos viviam dizendo que David era um tolo por ser sempre tão honesto, que de vez em quando uma pessoa tinha de dizer uma mentira. Mas David não acreditava nisso e insistia:

– Nunca, em quaisquer circunstâncias, mentirei para quem quer que seja, sobre qualquer coisa.

E ele tencionava mesmo manter essa promessa.

David passou por uma joalheria uma noite, e um momento depois ouviu o barulho de vidro quebrado. Olhou ao redor para ver o que acontecera. Um homem veio correndo pela calçada. Passou por David e continuou a correr. David deu uma boa olhada em seu rosto. O homem parecia apavorado. Minutos mais tarde, um carro da polícia, a sirene ligada, parou com uma freada brusca na frente de David. A joalheria ali perto tinha a vitrine quebrada. Alguém roubara todas as jóias em exposição. Um guarda saltou do carro e perguntou a David:

– Viu o que aconteceu?

– Não – respondeu David. – Apenas ouvi o barulho da vitrine sendo quebrada. E logo em seguida um homem passou correndo por mim.

– Deu uma olhada no homem?

– Dei.

O guarda se animou.

– Seria capaz de identificá-lo?

– Claro – declarou David. – Dei uma boa olhada em seu rosto.

O guarda anotou o nome, endereço e telefone de David.

– Se prendermos o assaltante, vamos chamá-lo. Precisaremos de você para a identificação.

– Terei o maior prazer em ajudar.

Um semana passou e nada aconteceu. Depois, numa manhã de segunda-feira, David recebeu um telefonema.

– Acho que prendemos o homem que assaltou a joalheria. Gostaríamos que viesse identificá-lo.

– Pode contar comigo.

Quando David entrou na delegacia, um detetive lhe disse:

– Ainda bem que você deu uma boa olhada no homem, porque é a nossa única testemunha. Tem certeza de que poderá reconhecê-lo?

– Absoluta. Tenho uma excelente memória.

– Venha comigo.

O detetive conduziu-o a uma sala onde havia um homem sentado.

– É o homem que você viu fugindo da joalheria?

David acenou com a cabeça.

– É, sim.

– Não tem a menor dúvida?

– Nenhuma.

– Obrigado.

O detetive virou-se para um dos guardas.

– Podem levá-lo.

O homem olhava fixamente para David, que sentiu pena dele. Era o responsável por mandá-lo para a prisão. Mas David não podia dizer uma inverdade.

Uma semana depois, David recebeu um estranho telefonema. A voz ao telefone disse:

– Aqui é o homem que você identificou como o assaltante.

David ficou surpreso.

– É mesmo? E o que você quer?

– Saí sob fiança, e meu julgamento começa na próxima semana. Quero conversar com você.

A perplexidade de David aumentou.

– Sobre o que quer conversar?

– Você cometeu um erro terrível.

– Que tipo de erro?

– Onde podemos nos encontrar?

O homem indicou um restaurante e acrescentou:

– Pode se encontrar comigo ali amanhã, a uma hora da tarde?

David não tinha certeza se era uma boa idéia; mas se cometera um erro, queria corrigi-lo.

– Muito bem, estarei lá.

No dia seguinte, a uma hora da tarde, David entrou no restaurante. Um momento depois, o homem que ele identificara como o assaltante apareceu e veio sentar à sua frente.

– Meu nome é Henry – disse ele.

– E eu sou David.

– Sei quem você é, o homem que está tentando arruinar minha vida.

– Só porque falei a verdade a seu respeito...

O homem inclinou-se para a frente.

– É justamente esse o problema. Não era verdade o que você disse. Mentiu. Disse à polícia que assaltei a joalheria.

– Isso mesmo.

– Mas não fui eu.

– Eu o vi fugindo – insistiu David.

– Sei que saí correndo, mas não assaltei a joalheria.

David sentia-se confuso.

– Então por que fugiu?

– Quase prefiro ir para a prisão a permitir que a verdade apareça. – O homem hesitou, mas logo continuou: – Sou casado, David. Você também é casado?

David pensou em Kathy, como quase haviam se casado.

– Não.

– Minha esposa é muito ciumenta. Sua maior amiga se chama Elsie. Pois Elsie e eu sentimos uma atração mútua: uma coisa leva a outra, e não demorou muito para que tivéssemos um caso. Sabe como isso pode acontecer, não é?

David pensou na noite com Betty e balançou a cabeça.

– Sei, sim.

– Se minha esposa soubesse que tenho um caso com Elsie, mataria nós dois. Na noite em que você me viu, eu estava saindo do apartamento de Elsie. Ouvi alguém quebrar a vitrine da joalheria e compreendi que a polícia logo viria. Não queria que me interrogassem, porque logo meu nome sairia no jornal e minha esposa descobriria tudo. Resolvi fugir do local, e foi então que você me viu.

David estava atordoado.

– Isso é verdade?

– Juro por Deus. Pode telefonar para Elsie e perguntar a ela. Depois que você me identificou, a polícia me bateu até arrancar uma confissão. Obrigaram-me a assinar uma declaração de que assaltei a joalheria. Mas é tudo mentira. Sou inocente. Nunca roubei nada em toda a minha vida.

E eu quase mandei esse homem para a prisão, pensou David.

– Lamento profundamente – murmurou David – Não podia imaginar.

– Se testemunhar contra mim, vão me meter na penitenciária por dez anos. Toda a minha vida será destruída. Não posso deixar que a polícia saiba o que eu realmente fazia naquela noite, porque minha esposa descobriria e se divorciaria.

– O que posso fazer? – indagou David.

– Pode dizer à polícia que não tem certeza se sou mesmo o homem que você viu.

– Mas isso seria uma mentira!

– Tudo agora depende de você – declarou Henry. – Pode dizer a verdade e mandar um inocente para a prisão, ou pode dizer uma mentira branda e salvar um homem, sua reputação e seu casamento. Cabe à sua consciência decidir.

Ele se levantou e saiu do restaurante.

Dois dias antes do julgamento, um detetive estava interrogando Henry.

– Você roubou jóias no valor de cem mil dólares. Por que não banca o esperto e nos diz o que fez com as jóias. Seremos indulgentes. Pediremos ao juiz que lhe dê uma sentença mais leve.

– Não posso dizer o que me pede, porque não roubei as jóias.

– Ora, deixe disso. Não brinque conosco. Escondeu tudo em algum lugar. Se não falar, pode pegar dez anos. Se nos disser onde estão as jóias, a sentença será de apenas uns dois anos. E então?

Henry insistiu, desesperado:

– Não posso contar nada, porque não roubei as jóias.

O detetive sacudiu a cabeça.

– Muito bem, prefere ser estúpido, não é? Será pior para você. Diremos ao juiz para metê-lo na prisão e jogar a chave fora.

O julgamento começou numa manhã de quarta-feira. David compareceu ao tribunal, como testemunha de acusação. Na verdade, era a única testemunha.

O juiz entrou na sala, ocupou seu lugar e um oficial de justiça anunciou:

– O tribunal está em sessão.

Todos ficaram em silêncio.

O promotor foi o primeiro a falar, descrevendo o local do crime, como a vitrine da joalheria fora quebrada, de onde alguém roubara jóias no valor de cem mil dólares e fugira.

O advogado de Henry ressaltou que não havia nenhuma prova concreta de que seu cliente cometera o crime.

– Temos uma testemunha que viu o réu sair correndo do local do crime – declarou o promotor. – Vou chamá-lo agora.

E o nome de David foi chamado.

Ele foi sentar na cadeira das testemunhas.

– Poderia dizer seu nome a este tribunal? – pediu o promotor. David deu seu nome.

– E o que você faz, David?

– No momento, estou desempregado.

A verdade era que David fora despedido uma semana antes. Descobrira que seu supervisor andava roubando dinheiro da companhia e comunicara ao presidente, que o despedira.

– O que fazia na noite do assalto? – continuou o promotor.

– Tinha ido me candidatar a um emprego noturno anunciado no jornal.

– Obteve o emprego?

– Não, senhor.

O emprego era numa padaria: ele dissera ao dono que o lugar estava imundo. O dono o expulsara da padaria.

– Estava perto da joalheria quando ouviu alguém quebrar a vitrine?

– Estava, sim, senhor.

– Poderia apontar esse homem para o júri, por favor?

David virou-se para Henry.

Se testemunhar contra mim, vão me meter na penitenciária por dez anos.

– Eu... eu...

David estava balbuciando.

– Pode falar mais alto, por favor?

– Eu...

Toda a minha vida será destruída.

– Não podemos ouvi-lo, David. Pode fazer o favor de apontar o homem que viu sair correndo da joalheria?

Pela primeira vez em sua vida, David disse uma inverdade.

– Não o vejo aqui.

O promotor ficou aturdido.

– Não o vê aqui?

– Não – confirmou David, com firmeza.

O promotor estava quase gritando agora.

– Como pode declarar que não o vê aqui? Já o identificou. Disse à polícia que aquele era o homem.

Ele apontou para Henry.

– Posso ter me enganado.

O promotor não acreditava em seus ouvidos. Todo o seu caso baseava-se no depoimento de David.

– Está dizendo a este tribunal que uma semana atrás podia identificar positivamente o réu como o homem que viu fugindo da joalheria, mas hoje não é capaz de reconhecê-lo?

– Isso mesmo – murmurou David.

Pode dizer a verdade e mandar um inocente para a prisão, ou pode dizer uma mentira branda e salvar um homem, sua reputação e seu casamento.

– Não o reconheço – acrescentou David.

O advogado de defesa levantou-se.

– Meritíssimo, eu protesto. O promotor está pressionando a testemunha. Se a testemunha não pode identificar o réu, o promotor não deve insistir.

– Protesto deferido.

O juiz virou-se para o promotor.

– A testemunha já disse que não pode identificar o réu. Agora, continue sua apresentação.

A verdade era que o promotor não tinha mais nada a apresentar. Sem o depoimento de David, não podia sequer situar Henry perto do local do crime. O promotor lançou um olhar furioso a David.

– Não tenho mais perguntas.

O advogado de defesa tornou a se levantar.

– Meritíssimo, nunca vi uma tentativa tão descarada de tentar mandar um homem para a prisão sob falsas acusações. O estado não tem nenhuma prova, e ainda assim tenta perseguir meu cliente. Para dizer a verdade, espanta-me que tenham trazido este caso a julgamento. Meritíssimo, peço o arquivamento do processo.

O juiz bateu com o martelo.

– Defiro a petição. O réu será solto a partir deste momento. Senhoras e senhores do júri, agradeço por seu tempo. O caso está encerrado.

Henry continuou sentado, radiante. Olhou para David, agradecido.

Menti pela primeira vez na minha vida, pensou David. *Mas salvei um homem, sua reputação e seu casamento. Valeu a pena. Até mesmo George Washington teria me perdoado.*

David estava em seu apartamento, lendo os anúncios classificados de emprego. Precisava desesperadamente de um emprego, não tinha dinheiro nem para o aluguel.

Alguém bateu à porta.

– Entre! – gritou David.

A porta foi aberta. Era Henry.

David se surpreendeu ao vê-lo.

– Olá. Resolvi passar por aqui para agradecer.

– Fiz o que era certo – disse David. – Não podia mandar um inocente para a prisão.

Henry apertou a mão de David.

– Fez a coisa certa. E quero que saiba que me sinto muito grato.

– Era o mínimo que eu podia fazer. Afinal, pensando em você, seu casamento, Elsie... não podia deixar que fosse para a prisão.

– Fico agradecido.

Henry enfiou a mão no bolso e tirou duas pulseiras de diamantes.

– Aqui está sua parte, David. Estas pulseiras valem cerca de vinte mil dólares.

David olhou para as jóias, aturdido.

– Espere um pouco, Henry. Está querendo dizer que roubou...

Mas Henry já tinha saído.

David ficou olhando para as pulseiras. *Tenho que entregar isto à polícia*, pensou ele. *É o que George Washington teria feito.*

Depois, ele pensou: *Ora, que se dane George Washington!*

Capítulo 12

Décimo segundo mandamento:
Não farás mal a teu semelhante

Robert era um gigante. Mesmo quando menino, já era enorme para sua idade.

O pai de Robert era um policial. Embora muito alto, ao ver o filho recém-nascido, fora logo declarando:

– O menino vai ser mais alto do que eu.

E tinha razão.

Aos dez anos, Robert era de longe o maior de sua turma. Ele era muito religioso e obedecia ao décimo segundo mandamento: Não farás mal a teu semelhante.

Os meninos menores gostavam de provocar brigas com Robert, porque sabiam que ele não reagiria. Descobriram que podiam fazer qualquer coisa com ele. Socavam-no, chutavam-no, zombavam de Robert.

Mas tudo que ele fazia era sorrir e indagar:

– Por que fizeram isso comigo?

– Porque você é um covarde! – gritavam os meninos em resposta.

Todos se divertiam atormentando Robert.

Quando ele voltava para casa com o olho roxo, o pai lhe dizia:

– Como pôde permitir que alguém fizesse isso com você? É o maior da turma, capaz de dar uma surra em todos os outros. Por que não briga?

– Porque sou o maior da turma – respondia Robert. – Não seria justo com os outros. Poderia machucá-los.

O pai envergonhava-se de Robert. Em sua mente, o filho era um covarde. E ele detestava covardes. Resolveu conversar com a esposa.

– Não sei qual é o problema com o nosso filho. Ele é grande e forte, mas apesar disso apanha de todos os outros meninos na escola. Não criei meu filho para ser um covarde.

A mãe de Robert defendeu-o.

– Não creio que ele seja um covarde. Acho que apenas não quer machucar ninguém.

– Pois eu vou dar um jeito nele – declarou o pai.

No dia seguinte, quando Robert chegou da escola, o pai lhe disse:

– Por que não assistimos à televisão juntos, filho?

Sentaram, e o pai de Robert pôs uma fita de vídeo. Era *Rocky, O Lutador*, e Robert observou horrorizado o campeão se pôr a bater nos outros e também apanhar. Tratou de se levantar.

– Não posso assistir a esse filme, pai.

– Claro que pode! – berrou o pai. – Sente-se!

O filme seguinte era ainda pior, uma história

policial sobre pessoas agredindo e assaltando nas ruas.

– Isso é horrível! – murmurou Robert.

– É o mundo real, e você tem de aprender a ser parte dele – disse o pai. – Não pode fugir da violência.

Ele pôs um filme de guerra e obrigou Robert a continuar sentado ali até o fim.

Se esperava convencê-lo de que a violência era justificada, o tiro saiu pela culatra. Robert se tornou mais determinado do que nunca a jamais se envolver em qualquer tipo de violência. *Nunca, mas nunca mesmo!*

– Talvez as coisas mudem quando ele ingressar na escola secundária – comentou o pai.

As coisas mudaram de fato quando Robert ingressou na escola secundária. Só que para pior.

Robert apaixonou-se por uma garota chamada Amy. O problema era que todos os outros rapazes da escola também estavam apaixonados por Amy.

Ela era uma animadora de torcida, jovem, bonita e inteligente.

Robert a acompanhava até em casa depois das aulas, mas os outros rapazes sempre se dispunham a atacá-lo.

Enquanto Robert e Amy caminhavam pela calçada, os colegas pulavam na frente deles e os detinham.

– Podem fazer o favor de sair da nossa frente? – pedia Robert, muito polido.

– Não! – gritavam os meninos em coro.

E um deles empurrava Robert, os outros o agrediam.

E Amy ficava parada ali, impotente, vendo Robert levar uma surra. Um dia, ela ficou tão furiosa que perguntou:

– Por que não reage?

– Não posso – explicou Robert. – Sou muito maior do que eles. Poderia machucá-los, talvez até matar um deles.

Amy não acreditou.

– Você é um covarde.

E devolveu o anel que Robert lhe dera.

– Não posso casar com um covarde.

Robert ficou desolado. Amava Amy, mas sabia que era errado brigar.

Eu nunca poderia violar o décimo segundo mandamento, pensou ele.

O treinador de futebol americano da escola de Robert ficou muito animado quando o viu pela primeira vez. O rapaz tinha 1,93m de altura e pesava noventa quilos. Era muito ágil, um atleta natural.

– Você será o capitão do nosso time de futebol.

Robert sentiu a maior satisfação.

– Seria maravilhoso, senhor.

O time de futebol americano era muito importante para a escola. Todos se orgulhavam dele. O treinador tinha certeza de que a temporada seria espetacular, tendo Robert como capitão.

Na primeira vez em que o time enfrentou a equipe de outra escola, Robert avançou pelo campo carregando a bola. Um defensor adversário se aproximou; em vez de empurrá-lo, Robert deixou que ele o derrubasse. No intervalo, o treinador perguntou a Robert:

– Por que deixou que ele o derrubasse? Por que não o empurrou?

– Tive receio de machucá-lo – respondeu Robert.

O treinador não podia acreditar.

– Você *o quê*? O que pensa que é o futebol americano? Uma festinha de meninas?

O treinador decidiu passar Robert para defensor. O único problema era que Robert se recusava a derrubar qualquer adversário.

– O que há com você? – indagou o treinador. – Perdemos o jogo por sua causa. Estava numa posição perfeita para derrubar o atacante.

– Sei disso, mas se o derrubasse, poderia machucá-lo.

– Está fora do time! – gritou o treinador.

O pai de Robert ficou furioso ao saber o que acontecera.

– Qual é o seu problema? – berrou ele. – Quando estava na escola, fui um dos astros do time de futebol americano. Esperava que você pudesse seguir meu exemplo. Não gosta do jogo?

– Gosto muito, mas...

– Já sei, não quer machucar ninguém.

Todos os colegas detestavam Robert, porque achavam que ele os decepcionara. Se não fosse por Robert, poderiam ter conquistado o campeonato escolar.

Uma manhã, quando Robert foi abrir seu armário na escola, descobriu que alguém colara na porta um papel amarelo, com uma palavra: *Covarde!*

Vários rapazes observavam quando ele abriu o armário, e um deles perguntou:

– O que vai fazer?

– Nada – respondeu Robert.

Ele não deixaria que ninguém o espicaçasse a uma briga. Sempre se lembrava do décimo segundo mandamento: Não farás mal a teu semelhante.

Quando concluiu o curso colegial, o pai lhe disse:

– Conversei com o chefe de polícia a seu respeito. Vão aceitá-lo no departamento.

Ele sorria para o filho.

– Pai... não quero entrar para a polícia.

O sorriso desapareceu.

– Como?

– Não quero entrar para a polícia.

O pai de Robert ficou furioso.

– Qual é o problema? Acha que não é bastante bom para você?

– Claro que é, pai, mas eu nunca poderia ser um policial.

– Por que não?

O pai de Robert já sabia a resposta antes mesmo que o filho a enunciasse.

– Porque posso ser obrigado a machucar pessoas.

O pai de Robert não agüentou mais.

– Tenho vergonha de você. É um covarde desde que era menino. Via quando os outros garotos o surravam e você nunca tentava sequer se defender. O treinador de futebol americano de sua escola me contou que você se recusava a derrubar os adversários. É um covarde, filho. E um mentiroso ainda por cima. Vive dizendo que não quer machucar os outros, mas a verdade é que tem medo de se machucar.

– Acredite em mim, pai, não é isso...

– Quero que saia desta casa. Está me entendendo? Tenho vergonha de você!

Robert sentiu-se desolado. Dizia a verdade, mas ninguém acreditava. *Nunca ouviram falar do décimo segundo mandamento?*, especulou. *Não farás mal a teu semelhante.*

Ele saiu de casa na manhã seguinte.

Antes de ir embora, teve uma conversa com a mãe.

– Lamento a sua saída, filho, mas seu pai se mostra intransigente.

Ela abraçou-o e acrescentou:

– Não creio que você seja um covarde.

– Obrigado, mamãe.

Robert mudou-se para um pequeno apartamento e começou a procurar emprego. Foi trabalhar num supermercado. O salário não era grande, mas pelo menos ali ele tinha certeza de que não poderia fazer mal a ninguém.

Uma moça muito bonita, chamada Jenny, também trabalhava no supermercado.

Robert e Jenny começaram a sair juntos, e um dia ele a pediu em casamento.

Ela aceitou e se casaram.

Jenny achava que o marido era o homem mais maravilhoso do mundo. Era bonito, inteligente e gentil. Um casamento muito feliz.

Tiveram um filho. E foi nesse momento que os problemas começaram.

O menino, Louis, voltou um dia da escola com um olho roxo e o nariz sangrando. Jenny ficou horrorizada.

– Quem fez isso com você? – perguntou ela.

– Um dos garotos na escola.

O garoto que batera em Louis era muito mais velho.

Quando Robert chegou em casa, Jenny contou o que acontecera.

– Quero que você converse com o pai do outro menino – pediu ela.

Robert foi falar com o outro pai.

Era um homem pequeno, muito menor do que Robert.

– Desculpe incomodá-lo – disse Robert, muito polido –, mas parece que nossos filhos tiveram uma briga.

– É mesmo? E daí? Todos os garotos brigam.

– Sei disso, mas não foi uma briga justa. Seu filho é mais velho do que Louis. Acho que ele não deveria puxar briga com meu filho.

– E quem disse que foi ele quem puxou briga? Louis é que começou tudo.

– Não acredito.

– Está me chamando de mentiroso? – berrou o homem.

E deu um soco na cara de Robert.

Robert não revidou.

– Gostaria que não tivesse feito isso – murmurou ele.

O homem tornou a esmurrá-lo.

– Não há necessidade de fazer isso – insistiu Robert.

O homem desferiu um terceiro soco.

Ao chegar em casa, Robert tinha os dois olhos roxos e o nariz sangrando. Jenny ficou horrorizada.

– O que aconteceu?

– Tive uma pequena discussão com o pai do outro garoto.

– Espero que não o tenha machucado demais.

– Não, não o machuquei – garantiu Robert.

Ao saber de toda a história, o horror de Jenny se tornou ainda maior.

– Está querendo dizer que deixou que ele o agredisse, sem fazer nada?

– Isso mesmo – respondeu Robert. – Não estava zangado com ele.

– Não estava zangado? Que tipo de homem você é? Deixa que o filho dele dê uma surra em Louis e ainda por cima suporta seus socos sem revidar.

Robert tentou explicar.

– O décimo segundo mandamento...

– Não estou interessada no décimo segundo mandamento!

E Jenny saiu da sala, furiosa.

Na escola, todos os meninos zombaram de Louis, porque seu pai era um covarde. O garoto que batera nele no dia anterior disse:

– Meu pai deu uma surra no seu. E seu pai nem mesmo quis brigar.

– Meu pai é muito corajoso – declarou Louis.

Naquela noite, quando Robert chegou em casa, Louis perguntou:

– Papai, você não tem medo de brigar, não é?

– Claro que não. Apenas acho que é errado.

Louis observou os dois olhos roxos e o nariz sangrando de Robert.

Meu pai é um covarde, concluiu ele.

Robert ficou transtornado. *Estou fazendo alguma coisa errada?*, perguntou-se ele. *Durante toda a minha vida me meti em problemas por obedecer a um dos mandamentos de Deus.*

No domingo seguinte, ele foi se confessar.

– Eu pequei, padre.

– Como pecou, meu filho?

– Obedeci ao décimo segundo mandamento.

Houve um prolongado silêncio antes que o padre dissesse:

– Não estou entendendo. Você *pecou* porque obedeceu ao décimo segundo mandamento?

– Acho que sim, padre. Estou muito confuso. A Bíblia diz que não devo brigar e todo mundo me detesta porque não brigo. Devo estar fazendo alguma coisa errada. Na escola, todos os meninos me detestavam, perdi minha namorada, meu pai me expulsou de casa. E agora minha esposa e meu filho acham que sou um covarde. Não sei mais o que fazer.

– Nunca fará nada errado por obedecer aos mandamentos de Deus. Se violar o décimo segundo mandamento, coisas terríveis lhe acontecerão.

Jenny sentia-se tão perturbada com a covardia do marido que decidiu se divorciar.

Eu o amo, pensou ela, *mas não posso continuar a viver com um homem que não briga nem por seu filho. Tenho de dizer a ele que quero o divórcio.*

Louis estava em casa, e ela não queria ter a conversa na presença do filho; por isso disse a Robert:

– Vamos jantar fora. Precisamos conversar.

– Está bem.

Robert fez uma reserva num bom restaurante, e sentaram para jantar.

Jenny estava agoniada. Sabia que ia magoar Robert, mas não tinha opção.

– Robert, tenho de lhe dizer uma coisa.

Havia quatro homens sentados à mesa ao lado, embriagados, falando muito alto.

Um deles era enorme, ainda maior do que Robert, que o achou familiar. Ele não tirava os olhos de Jenny.

– Ei! – gritou o homem de repente. – Sabia que você é uma boneca?

Jenny tentou ignorá-lo.

– Robert, sei que vai ser difícil, mas...

O grandalhão insistiu:

– O que está fazendo com esse cara? Devia ficar com um homem como eu.

Robert se aborreceu. Virou-se para o homem e disse:

– Estamos tentando ter um jantar sossegado. Por que não nos deixa em paz?

O grandalhão levantou-se.

– Olhem só quem está me dizendo para deixá-lo em paz! Eu poderia parti-lo ao meio!

– Por favor, não vamos fazer uma cena – pediu Robert. – Sente-se e...

– Quem é você para me mandar sentar?

Ele se aproximou da mesa, pôs as mãos nos ombros de Jenny.

– Você é mesmo linda, meu bem.

Robert interveio:

– Pode fazer o favor de tirar as mãos da minha esposa?

– Sua esposa? Uma beleza dessas casada com um tipo como você?

O homem tornou a olhar para Jenny.

– Ei, boneca, que tal se juntar a nós? Vamos para uma boate, e mais tarde nos divertiremos um pouco.

Jenny sentia-se muito embaraçada. Olhou para o marido.

– Robert, por favor, faça com que ele me deixe em paz.

Muito polido, Robert murmurou:

– Senhor, pode fazer a gentileza de se retirar?

O grandalhão soltou uma risada.

– Ouviram isso? – Ele arremedou a voz de Robert. – Senhor, pode fazer a gentileza de se retirar? O que você é? Um *gay*, por acaso?

O homem obrigou Jenny a se levantar.

– Vamos sair daqui e nos divertir um pouco, meu bem.

– Com licença, mas eu agradeceria se não fizesse isso – disse Robert.

E começou a se levantar. O grandalhão se inclinou, empurrou Robert de volta à cadeira.

– Fique aqui. Sua mulher e eu temos um assunto a resolver.

Ele começou a arrastar Jenny para a outra mesa.

– Robert!

Robert não podia mais agüentar. Toda a frustração que acumulara ao longo dos anos atingiu o ponto de erupção.

Que se dane o décimo segundo mandamento!, pensou ele.

– Largue-a! – ordenou ele, tornando a se levantar.

– Quem vai me obrigar?

– Eu!

Pela primeira vez em sua vida, Robert meteu-se numa briga. Acertou um soco na cara do grandalhão, que largou Jenny e atacou-o. Puseram-se a trocar golpes violentos.

Todas as pessoas no restaurante observavam, aturdidas, a briga.

O gerente ainda tentou interrompê-la, mas era impossível. Os dois gigantes se empenhavam num combate total e nada podia detê-los.

A briga durou quase dez minutos, e terminou quando Robert acertou um *uppercut* que derrubou o grandalhão, inconsciente.

Um dos homens na outra mesa olhou para Robert com o maior respeito e comentou:

– Sabe quem você acaba de nocautear? O campeão mundial dos pesos-pesados!

Na manhã seguinte, os jornais estamparam em manchete o que Robert fizera.

"Campeão mundial dos pesos-pesados nocauteado!"

– Querido, eu me orgulho de você – murmurou Jenny, abraçando o marido.

Ela esquecera por completo que ia lhe pedir o divórcio.

No dia seguinte, Robert recebeu um telefonema do agente do campeão.

– O campeão diz que você só o derrubou porque ele tinha tomado alguns drinques. Quer marcar uma luta com você, no Madison Square Garden, a fim de provar ao mundo que ninguém é capaz de derrotá-lo. Aceita?

– Por que não?

Robert já violara o décimo segundo mandamento. Não tinha mais nada a perder agora.

E, assim, três meses depois, Robert entrou no ringue com o campeão mundial de boxe.

Jenny estava ali, assim como a mãe e o pai de Robert, Louis e até Amy.

Nenhum deles saiu desapontado.

Robert nocauteou o campeão no terceiro *round*

e tornou-se o novo campeão mundial dos pesos-pesados.

Nos cinco anos seguintes, Robert derrotou todos os desafiantes e ganhou mais de vinte milhões de dólares.

Tudo isso porque violou o Décimo Segundo Mandamento.

Este livro foi composto na tipologia
Caslon 224 em corpo 11,5/18 e
impresso em papel Offset 75g/m²
no Sistema Cameron da Divisão
Gráfica da Distribuidora Record.